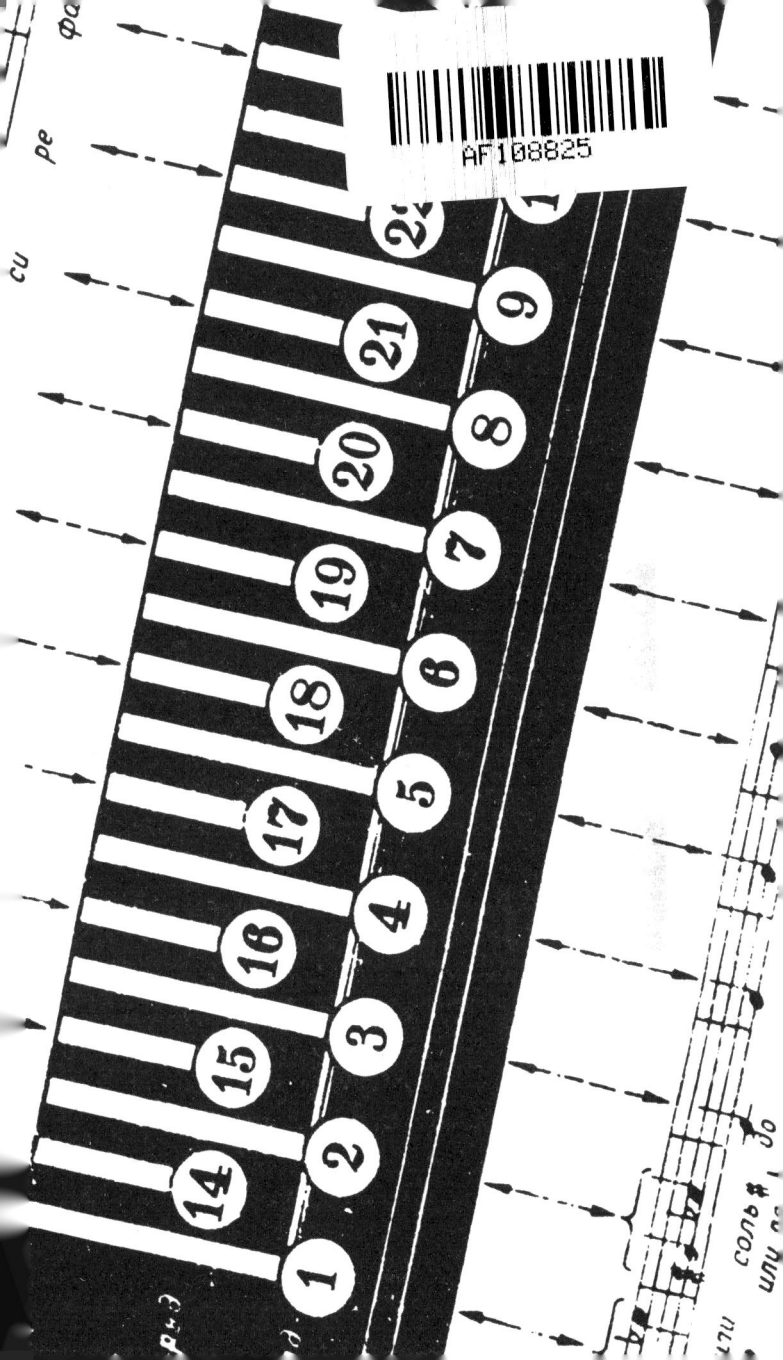

Marie-Luise Scherer

Mit einem Nachwort von *Petra Morsbach*

DER AKKORDEON-SPIELER

FRIEDENAUER PRESSE

VLADIMIR Alexandrowitsch Kolenko aus der kaukasischen Stadt Jessentuki im Stawropoler Gebiet war geblendet von der Sauberkeit des Berliner Flughafens und dessen Toiletten. Ja, er war regelrecht erschüttert nach dem Schmutz und der Kälte Moskaus, wo er einen Monat in der Warteschlange der Deutschen Botschaft hatte zubringen müssen. Es war im Dezember. Über das ganze davorliegende Jahr hatte er die Einladung einer Frau Gertrud aus Potsdam am Leib getragen. Und dann, als die Reihe an ihn kam, er den Brief in den Schalter der Botschaft reichte, war das Papier schon so dünn und die Schrift so verwischt, dass man einen Fachmann zum Entziffern rufen musste.

Der Akkordeonspieler Kolenko war verheiratet mit Galina Alexandrowna, einer Jakutin, mit der er drei Söhne hatte. Vor seinem Aufbruch nach Berlin wirkte er in den musikalischen Kollektiven von Sanatorien mit, begleitete und leitete die hauseigenen Chöre. Er hetzte von Heilbad zu Heilbad, von Jessentuki nach Kislowodsk und Pjatigorsk, von der Kuranstalt *Russland* für die Veteranen der Arbeit und des Großen Vaterländischen Krieges zur Kuranstalt *50 Jahre Oktoberrevolution* für die Atomtschiki; er spielte in den Kuranstalten der Chemiker, der Miliz, des Militärs, der Kolchosenmitglieder des Stawropoler Gebiets, des ZK der Ukraine und des Ministeriums für Innere Angelegenheiten.

Allen voran aber fühlte er sich dem Sanatorium *Kasachstan* verbunden, einem Haus, das sich dem hohen Harnsäurespiegel kasachischer Moslems verschrieben hatte, einer Folge übermäßigen Pferdefleischgenusses. Seine Verbundenheit galt weniger dem kasachischen Publikum, dessen Männer bestickte Hinterkopfkappen aus Seide trugen, als vielmehr einem mit roter Perlmuttimitation verkleideten Akkordeon der Marke Barkola. Es war Eigentum der Republik Kasachstan und von allen Akkordeons, auf denen Kolenko Kurmusik machte, ihm das liebste.

Sogar in der entlegenen südrussischen Stadt Jessentuki bemühte man sich damals, auf berufsfremden Wegen an Geld zu kommen. Das Ende der Sowjetunion war herangerückt und die Preise freigegeben, das heißt, sie stiegen unaufhaltsam. Und Kolenko mit seinen 140 Rubel im Monat zählte sich und die Seinen den Armen zu. Er sah voraus, dass seine musikalische Begleitertätigkeit sich bald erübrigen würde. Denn die Chöre fingen an, kläglich zu werden. Es fanden sich kaum noch Sängerinnen, selbst unter den machtvoll summenden Küchenfrauen nicht. Das unbezahlte Singen war jetzt verlorene Zeit.

Die Einladung der Frau Gertrud aus Potsdam kostete Kolenko 300 Rubel. Sie kam über die Geschäftstüchtigkeit dreier Schwestern zustande. Zwei gehörten dem Heilpersonal des Sanatoriums *50 Jahre Oktoberrevolution* an und sangen dort im Chor, wenn auch mit jenem erlahmenden Schwung, den man bei solchen gesellschaftlichen Einsätzen nun allgemein antraf.

Beide waren ansehnlich und von Trinkern geschieden. Dem in Russland herrschenden Frauenüberschuss begegneten sie mit der unverhohlenen Darbietung ihrer Reize. Sie trugen auch dienstlich keine Haube, sondern das Haar getürmt und den Kittel im oberen Drittel ungeknöpft.

Aus einer lebensvollen Unruhe heraus hatten die zwei Schwestern sich zu einer Reise nach Deutschland entschlossen, wo die dritte Schwester lebte, Offiziersfrau in der russischen Garnison Potsdam.

Reisebeschützer sollte ihr Chorleiter Wladimir Alexandrowitsch sein, ein Mann von asketischer Attraktivität, Mitte vierzig, zudem von der in Russland raren Sorte, die nur dann Wodka trinkt, wenn die Höflichkeit es unumgänglich macht.

Die Schwestern lobten Deutschland, das sie selber gar nicht kannten, die Freigebigkeit seiner Menschen, den stabilen Klang ihrer Münzen, die nur so auf Kolenko regnen würden, wenn er spielte. Sie saßen im Geiste schon im Zug und fuhren die viertausend Kilometer von Jessentuki über Moskau nach Berlin. Natürlich würden sie singen, das Akkordeon gäbe die Lieder vor, und die Abteiltür bliebe offen, weil im Waggon es alle wünschten.

Die Einladung aus Potsdam erreichte Kolenko in Jessentuki über jenes komplizierte Kuriersystem, mit dem man die zeitvergessene russische Post unterlief. Zuvor aber hatte Frau Gertrud, die unweit des sowjetischen Villenghettos zwischen Cäcilienhof und Pfingstberg Serviererin in einem Kaffeegarten war, für die Sache gewonnen werden müssen.

Sie hatte die Willkommenszeilen zu schreiben. Dann mussten Kolenkos persönliche Daten auf ihrer Meldestelle beglaubigt werden. Und bis sie schließlich das Dokument in Händen hielt, das ihr im Krankheitsfalle des fremden Gastes alle Kosten auferlegte, hatte sie, die mit der russischen Bittstellerin kaum mehr verband als eine Grußbekanntschaft über die Tische hinweg, drei Stunden mit Warten zugebracht.

Die Offiziersfrau adressierte das Kuvert in kyrillischen Buchstaben und fuhr damit zum Bahnhof Berlin-Lichtenberg, wo der Nachtzug nach Moskau stand. Sie ging die Reihe der vor den Schlafwagen postierten Schaffnern ab und steckte dem ihr vertrauenswürdigsten zwanzig Mark und den Brief zu.

In der Frühe des übernächsten Tages dann, auf dem Belorussischen Bahnhof in Moskau, übernahm ein Vetter Kolenkos den Brief. Er hatte ihn gegen Abend zum Bahnhof Kurski zu bringen, einem atmosphärisch ziemlich rauen Ort, wo die Züge in Richtung Kaukasus abfahren und an den es so gut wie nie einen Reisenden aus dem Westen verschlägt. Hier konnten Gefälligkeiten noch in Landeswährung abgegolten werden: Fünf Rubel kostete damals das Entgegennehmen des Briefes und sein Aushändigen sechsunddreißig Stunden später noch einmal die gleiche Summe.

Was den Vermittlungspreis von dreihundert Rubel betraf, so könnte ihn die Enttäuschung der Schwestern in diese Höhe getrieben haben, denn die gemeinsame Reise kam nie zustande. Die Einflüsterungen der beiden hatten sich für Kolenko aus einer Verlockung zu etwas Bedrohlichem verkehrt. Er sah sich mit den tatendurstigen Sängerinnen über Tage und Nächte in der überheizten Enge des Coupés, unterwegs zu einer dritten Schwester, hinter der wiederum Frau Gertrud stünde, die ihm, einem ihr gänzlich Unbekannten, ein Bett bereitet hätte. Und zurückbleibend in Jessentuki seine schöne Frau Galina Alexandrowna, die ihren Argwohn verbergen müsste. Dies alles nur im Hinblick auf das zukünftige Geld, das Wladimir Alexandrowitsch in Deutschland zu erspielen hoffte.

Im Herbst 1990 fuhr Kolenko von Jessentuki nach Moskau, um für das Sanatorium *50 Jahre Oktoberrevolution* ein neues Akkordeon zu kaufen. Zuerst wandte er sich an die für die Atomtschiki zuständige Verwaltung, wo man ihm 13 000 Rubel für das Instrument aushändigte. Dann suchte er die Akkordeonfabrik »Jupiter« auf. Und gerade als er ihren Hof überquerte, wollte es der Zufall, dass jemand zum Entladen eines Lieferwagens fehlte und Kolenko einsprang. Es handelte sich um eine Fuhre Puppen vom Typ »Sonja«, jede mit blauen Haaren und in starrem Cocktailkleid hinter dem Cellophanfenster eines Kartons. Kolenko kaufte dreißig Stück davon, nahm sie aus Platzgründen aus ihren Gehäusen und trat mit immensem Gepäck gegen Abend die Heimreise an.

Galina Alexandrowna war von den Puppen angetan. Sie hatte beschlossen, sich im Handel zu versuchen, was inzwischen ja halb Russland tat. Als Kassiererin der Stadtkantine von Jessentuki verdiente sie achtzig Rubel. Und die zählten bald weniger als die Krauteintöpfe, von denen sie manchen Kellenschlag in eine Plastiktüte gleiten ließ und nach Hause brachte.

Sie borgte sich Geld, um Ware zu kaufen. Die Puppen sollten der Blickfang ihres ansonsten unauffälligen Sortimentes sein, alle möglichen Werkzeuge, insbesondere Stromindikatoren, Feilen und Scheren. Alles musste in Taschen passen und ohne hilfeheischende Mühe von ihr getragen werden können. Eine Schönheit wie sie durfte keine zusätzlichen Anlässe schaffen, sich ihr zu nähern.

Galina Alexandrowna fuhr in die türkische Stadt Trabzon am Schwarzen Meer, wo die neue russische Händlerschaft schon in Heerscharen auftrat, wenn auch im Schatten der Handelstalente aus Armenien. Ihre Mitreisenden schienen das gleiche Ziel zu haben. Alle hatten Unmengen massiger Behältnisse in die Waggontüren hinaufgereicht, auch die Zusteigenden auf den späteren Bahnhöfen. Beim Einfahren erkannte Galina Alexandrowna auch die Wartenden als ihresgleichen, da jeder in einem Wall aus Taschen stand.

Der kürzeste Weg war zugleich ein Umweg, weil die mächtigsten Bergketten des Großen Kaukasus umfahren werden mussten. Statt südlich durch Tscherkessien und Abchasien ans Schwarze Meer zu gelangen, musste man zuerst westlich durch Krasnodarer Gebiet, wo die Berge flacher wurden. Galina Alexandrowna hatte sich bald in die Obhut eines Ehepaares begeben, das auch mit Stromindikatoren sein Glück zu machen hoffte. Der Mann sprach etwas Türkisch und war mit der Statur eines Leibwächters gesegnet. Er musste sich nur von seinem Platz erheben, und jede Unstimmigkeit im Abteil verflog.

Sie fuhren über die Seebäder Sotschi und Sochumi, entfernten sich dann aber vom Wasser, um tief im georgischen Osten Tiflis zu erreichen, die Endstation des Zuges. Jetzt musste man wieder entgegengesetzt, also westwärts fahren. Es war ein ständiges Hakenschlagen, und jedes Mal stiegen sie um, wobei das Händlergepäck in endlosen Kaskaden aus den Zugfenstern und Türen hinabgelassen wurde, als habe es sich unterwegs vermehrt.

Schließlich musste Galina Alexandrowna mit dem Ehepaar und fünf weiteren Russen, die sich ihnen zugesellt hatten, in einem Lasttaxi noch den Kleinen Kaukasus überqueren, in einem Fußmarsch die türkische Grenze passieren, dann die Reise in einem Bus fortsetzen, bis nach dreißig Stunden Beschwerlichkeit das Händlergewimmel von Trabzon sie endlich aufnahm.

Wladimir Kolenko war mit der »Barkola«, dem von ihm überaus geschätzten Akkordeon des Kurhauses Kasachstan, in Berlin angekommen. Ludmilla Sergejewna, die im Sanatorium mit den Bunten Abenden befasst gewesen war, hatte ihm das Instrument leihweise überlassen. Da keiner im Fundus danach suchen würde, weil es keinen mehr gab, der darauf spielte, blieb ihre eigenmächtige Handlung ohne Risiko. Denn auch über die kurenden Kasachen und das von ihrer Heimatrepublik bestellte Haus war der Mangel hereingebrochen. Zahlungen von Löhnen und Betriebskosten standen aus, und nur die diätetisch gebotene Buchweizengrütze blieb weiterhin reichlich bemessen.

Kolenko trug das Akkordeon in einer Stoffhülle wie einen Rucksack auf dem Rücken, während er im Akkordeonkoffer drei Flaschen Wodka und sowjetische Jubiläumsmünzen transportierte. Der Wodka sollte seine Gegengabe für Gefälligkeiten sein, und die Münzen gedachte er an Sammler zu verkaufen. Sein Gepäck hatte also irreführende Konturen, da er mit zwei Instrumenten beladen schien. Genauso hätte auch in keinem der Behältnisse ein Instrument stecken müssen.

So sah er sich bald polizeilich aufgefordert, den Koffer zu öffnen, was ihm jedoch durch nervösen Übereifer misslang. Er hantierte vergeblich an den Schlössern, und da mit jeder Sekunde seines Hantierens seine Verdächtigkeit wuchs, bat er den Polizisten um ein Messer. Es endete aber alles gut, und Kolenko, der den Koffer unversehrt in die Durchleuchtungsröhre hatte schieben dürfen, nahm den gnädigen Polizisten für ein Omen des Willkommens.

Er tauschte zehn Dollar ein. Das Geld stammte aus dem Erlös seiner Frau als wagemutiger Händlerin. In seiner Vorstellung musste ihre Reise voller kränkender Momente gewesen sein, dazu brauchte er nur die beredten Männer des kaukasischen Südens vor sich Revue passieren zu lassen. Galina Alexandrowna hatte alle Schulden tilgen können, hatte den Schwestern die Vermittlungssumme gezahlt und ihm den Fortgang nach Berlin.

Anfangs ängstigte ihn der Gedanke, einzutauchen in das unbekannte Berlin, sodass er den Flughafen kaum zu verlassen wagte. Er fürchtete, sich zu verirren. Jeder falsche Schritt hätte eine unwägbare Ausgabe bedeutet, etwas von dem Geld kosten können, das ihm heilig war und das er nur vermehren wollte. Zur Einübung in die Fremde setzte er sich in die S-Bahn und fuhr, einer Eingebung folgend, zwölf Stationen. Er befand sich nun an der Jannowitzbrücke. Und für einen Ort, den er nach einem inneren Lotteriesystem sich selber zugewiesen hatte, war es ein Treffer, der ihm nach fünf Stunden Spiel schon siebzig Mark einbringen sollte.

Am Abend fand sich Kolenko wieder in der Wartehalle des Flughafens ein, wo er sich gegen Mitternacht, das Akkordeon unter dem Kopf, ausstreckte und bis sieben Uhr schlief. Danach ließ ihn die Morgentoilette das unbequeme Nachtlager vergessen. Sie war ein Ereignis unter vollstrahligen Wasserhähnen, die unerschöpflich flossen in allen gewünschten Temperaturnuancen, sodass er neben der körperlichen auch eine technische Erquickung empfand.

Genauso verfuhr er am nächsten und übernächsten Tag, unbehelligt von den Ordnungskräften, da er ein Rückflugticket vorweisen konnte. Erst nach dem vierten Tag blieb er abends in der Stadt. Er hatte unweit der Jannowitzbrücke einen Platz im Vierbettzimmer einer Pension gefunden. Die dreißig Mark vergällten ihm jedoch den minimalen Schlafkomfort, denn er stellte sich das Geld in einer Rubelsumme vor. Und die übertraf den Monatslohn von Galina Alexandrowna, seiner Frau, die den Unterhalt der Familie in Jessentuki bestritt. Dieses Umrechnen sollte ihn fortan begleiten. Es stellte sich selbst bei geringsten Einkäufen ein. Schon ein Brötchen löste den Reflex in ihm aus, den Groschenpreis in seine Heimatwährung umzudenken.

In diesem Sinne gestand er sich nur drei Nächte zu in der Pension. Er hatte sich, wenn er spielte, ein Pappschild »Suche Wohnung für zehn Tage« zu Füßen gelegt, was ihm das Schlafangebot eines kleinen Mannes namens Lutz einbrachte. Und da jener einen Pudel an der Leine führte, hielt Kolenko ihn für einen Anwohner der Jannowitzbrücke beim abendlichen Hundeausgang.

Sie trafen eine Verabredung für neun Uhr, die Zeit, zu der Kolenko mit dem Versiegen der Menschenmenge gewöhnlich auch zu spielen aufhörte. Er war guter Dinge. Einmal, weil Lutz, wie der kleine Mann umstandslos von ihm genannt sein wollte, nur zehn Mark für das Bett verlangte. Und, weil er dessen Wohnung in der Nähe wähnte, den täglichen Hin- und Rückweg vor Augen mit zwanzig Kilo Musikgepäck.

Stattdessen ging es mit der S-Bahn neun Stationen bis nach Kaulsdorf, danach in einem Fußmarsch noch einen Kilometer durch die Finsternis, wie sie Kolenko nur aus Jessentuki kannte, wenn der Bahnhof hinter einem lag. Und als er endlich die Tür des ihm zugeteilten Zimmers hinter sich geschlossen hatte, stellten sich Bilder aus seiner dörflichen Kindheit ein, denn unter dem Bett blinkte ein Nachttopf.

Immerhin verbrachte Kolenko zwanzig Nächte bei diesem Lutz, obwohl es, vor allem geografisch, keine günstige Fügung war und er bereits nach wenigen Tagen das Pappschild wieder vor sich liegen hatte. Die Februarkälte hatte ihn von der Jannowitzbrücke vertrieben, und er spielte in einem Fußgängertunnel am Alexanderplatz. Der Tunnel führte von der Karl-Liebknecht- zur Memhardstraße, in der Margot Machate wohnte, eine im Unglück bewanderte, rau erscheinende Frau Ende sechzig, die gegen die Lustlosigkeit und das Grübeln sich hin und wieder selbst einen aktiven Tag verordnete. Und solch einen Tag wollte sie gerade meistern, als sie den unterirdischen Akkordeonklängen entgegenging.

Kaum hatte die Musik sie in den Tunnel hineingezogen, verwandelte sich ihr therapeutischer Tatendrang in einen Zustand der Beflügelung. Sie traf auf einen entrückten Mann und sagte: »Prima, wie du spielst.« Tatsächlich spielte Kolenko ohne jede mimische Ermunterung, die seinem Fach ja gewöhnlich das Publikum schafft. Er lächelte ohne Blickkontakt, auch wenn eine Münze fiel. Frau Machate erfasste gleich, als sie das Pappschild las, den Grund für dieses abgekehrte Musizieren. Der Mann wollte vermeiden, dass man seine Kunst verquickte mit seiner bettlerhaften Wohnungssuche.

Margot Machates Entschluss, den Russen aufzunehmen, resultierte aus familiärer Verdrossenheit. Ohne die Gabe, ihrem zurückliegenden Leben auch nur geringste Vorzüge einzuräumen, einen gnädigen Schimmer über die Jahre zu legen, begriff sie sich als Tochter eines Triebtäters, bei der sich das Schicksal der Mutter wiederholen sollte, zudem mit einem Mann, der trank. Dabei galten ihr seine Rauschzustände als das kleinere Übel, weil sie ihn dann überlisten konnte und eingeknöpft in einem Bettbezug seiner Begattung entging.

Auch nach der Scheidung wurde sie nicht froh. Vier große Söhne, schon bei den Geburten zwölfpfündige, sie zerreißende Riesen, wetteiferten in desolaten Existenzen. Und ihr fehlt jene trostreiche Verblendung, die Müttern zu Gebote steht. Zwar spricht sie, während einer sonntäglichen Kaffeestunde etwa, deren Stimmung sie erhalten will, von ihren Strolchen und deren Faxen, die sie manchmal dicke habe, um bald darauf die Korrektur zu setzen: »Ohne Kinder hätte ich wie ein Mensch gelebt.«

Natürlich genoss Margot Machate ihre Güte und die feierliche Dankbarkeit des Russen. Abends kippte er seine Einnahmen über der Mitte ihres Tisches aus, und sie half, das Geld in kleine Haufen zu sortieren. Danach stapelten sie die Groschen, Fünfziger und Markstücke und zählten jeweils fünfzig Münzen ab, um sie zu strammen Kolonnen in Rollpapier zu wickeln. Diese banküblichen Rollen waren Frau Machates Idee. Sie zahlte sie bei ihrer Sparkasse ein und brachte deren Gegenwert in Scheinen zurück.

All das ersparte Kolenko nun die Bittgänge zu den Kiosken und kleinen Läden, wo er bisher sein Kleingeld lassen durfte. Wobei nur die wenigsten und diese auch nur ausnahmsweise ihm gewährten, den prallen Stoffsack in ihrem Wechselteller auszuleeren und, als Taktmaß für sein Zählen, auch noch Türmchen zu errichten.

Kolenko schlief auf einer Campingliege in Frau Machates sieben Quadratmeter großer Küche, welche sich unmittelbar der Wohnstube anschloss, in der ihr zur Nacht umzurüstendes Ecksofa stand. Beide Schlafstätten trennte eine lamellendünne, schon durch ein lautes Wort zu erschütternde Schiebetür. Frau Machate hörte den Russen, wenn er die Seiten seines Wörterbuches blätterte, während er, geübt im russischen Zusammenrücken, für sich das Glück weiträumiger Verhältnisse genoss.

Das Hochhaus mit seinen Einraumwohnungen und vorrangig weiblicher Mieterschaft war ein Relikt der späten DDR. Und diesem Umstand wurden die baulichen Mängel angelastet, wobei manche von ihnen, die blasenwerfenden Tapeten auf der Wetterseite etwa, gemeinschaftsstiftend waren. Das Ärgernis schuf Einigkeit. Nichts als Konflikte schürte hingegen das nicht isolierte Rohrsystem. Einmal gab es die Benutzer in ihren Gewohnheiten preis, profilierte sie über das Rauschen, Gurgeln und Tröpfeln, über den strammen Guss oder ein zögerliches Fließen. Dann verriet es davon abweichende, zusätzliche Geräusche, die auf Besuch, eine Liebschaft oder einen unerwünschten Untermieter schließen ließen, auf einen Schlafburschen also in Frau Machates überkommener Diktion. Und nun mischte sich unter die vielgestaltigen Wassergeräusche des Hauses noch Kolenkos Variante, der sich ein Bad einließ, das nur seine ausgestreckten Beine bedeckte, um dann mit den Händen Wasser gegen die Brust zu schlagen.

Das tat er aus Sparsamkeit, aber mehr noch aus einer alten Gehetztheit heraus, herrührend aus Kommunalka-Zeiten, als er mit vier Parteien eine Wohnung teilte und die Muße eines Wannenbades den Egoisten vorbehalten war. Hier aber, in einem Hochhaus voller autonomer Einzelwesen mit eigenen Zählern, Herden, Wannen und Toiletten, waren Kolenkos rücksichtsvolle Waschungen nichts als irritierend. Kaum, dass die Hausverwalterin den Fuß ins fünfte Stockwerk setzte, dachte Frau Machate, der Kontrollgang gelte nur dem Plätschern ihres Russen.

Mittwochs gegen 6.30 Uhr steht Kolenko auf dem Zwischendeck des U-Bahnhofes Kleiststraße für eine Musikgenehmigung an. Die Mehrzahl der Wartenden bilden die Gitarristen. Ihnen folgen die Akkordeonisten und Geiger und diesen wiederum die Xylophon- und Keyboardspieler. Die absolute Minderheit teilt sich eine Harfenistin mit einem Vertreter fernöstlicher Streichmusik, in dessen Futteral ein Brett mit einer einzigen aufgespannten Saite steckt. Nicht erlaubte Instrumente sind Trompeten, Hörner sowie Klangverstärker.

Die vorherrschende Sprache ist Russisch. Und unter jenen, die sie sprechen, sind es die Harfenistin und die Geiger, denen man anzusehen glaubt, dass sie ihr Fach nicht für die hallenden Gänge der Berliner Verkehrsbetriebe studiert hatten. Die frühe Stunde, vielmehr die jedem abverlangte kurze Nacht, verbindet die Wartenden, den Asiaten ausgenommen, in einer klammen Munterkeit. Dazu fördert die Kälte den Gemeinschaftsgeist. Sie ist das eigentliche Übel dieses Aufenthaltes. Sie nötigt jeden, sie irgendwie zu kommentieren, so wie ein Schlauchguss jedem abverlangt, sich schreiend oder wimmernd mitzuteilen.

Fast alle stampfen, als tanzten sie, und behauchen ihre Fingerspitzen. Und manche schlagen die gekreuzten Arme auf den Rücken, wobei sie einen scharfen Atemstoß entlassen. Selbst die Harfenistin löst sich aus ihrer Petersburger Adelsattitüde und gerät ins Hüpfen. Da ihr brettgerader, bodenlanger Fohlenmantel die Füße schluckt und ihr kleiner Kopf unter einem Mützenwulst verschwindet, bietet sie den Anblick einer Schachfigur auf einer Sprungfeder.

Um fünf vor sieben strebt U-Bahner Hofer dann flott und schlafgesättigt seinem Schalter zu. Und Sekunden später dringt Licht durch die Ritzen der Eisenjalousie, und man hört Hofer drinnen noch kleine Wege machen. Im letzten Bruchteil seiner Zeitreserve rückt er sich den Stuhl zurecht, und sogleich zeigt sich sein gediegenes Gesicht in der Neonhelligkeit des Schalters.

Seine Wirkungsstätte ist über und über mit Postkarten, Widmungen und scherzhaften Botschaften besteckt, dazwischen auf Nadeln gespießte Inflationsdevisen, pelzige Papiergeldläppchen der Ukraine oder Belorusslands, die selbst ein Hohn im Bettelhut des Allerärmsten wären. Hier zeugen sie nun von ihrer Verzichtbarkeit, wie es an wunderwirkenden Orten die Krankenstöcke der Geheilten tun.

Um 7.30 Uhr findet die Verlosung der Spielbahnhöfe statt. Als solche ausgewiesen sind vierundfünfzig der hundertsechsundsechzig U-Bahnhöfe Berlins, von denen wiederum nur vier als besonders lohnend gelten, angeführt vom U-Bahnhof Stadtmitte.

An diesem Mittwoch haben sich vierundvierzig Musiker in Hofers Namensliste eingetragen, und nach der Reihenfolge ihres Eintreffens war Kolenko der fünfte. Hofer zählt pro Anwärter ein Los in den Kübel. Jedes steckt in einem gelben Überraschungsei.

Kolenko greift, seinem Listenplatz entsprechend, als fünfter in den Kübel und zieht Los Nummer 7, was weder ein Missgriff noch ein Glücksgriff ist. Also wird er der siebte sein, der unter den Bahnhöfen wählen darf, und natürlich sind die exzellenten vier dann längst nicht mehr im Spiel. Zwei Stunden vergehen, bis dieses Regelgespinst sich langsam entwirrt, dieses von Hofer ausgetüftelte Verfahren, das den sauberen Zufall garantieren soll und sich jeden Mittwoch wiederholt.

Um neun Uhr endlich hält Kolenko seinen gelben Schein in Händen, seine Musikgenehmigung, die ihn als solistisch auftretenden Akkordeonspieler ausweist. Auch die Wochentage mit dem jeweils erwählten Bahnhof sind aufgeführt. Für jeden Tag war eine Verwaltungsgebühr von 12 Mark 50 zu entrichten, einschließlich der Hin- und Rückfahrt vom Wohnort zur Musikstation. Das Dokument zählt Behinderungen auf, die der Musizierende zu vermeiden hat. So dürfen seine Darbietungen die Lautsprecherdurchsagen im Unternehmensbereich U-Bahn weder übertönen noch sonstwie stören.

Nichts ist willkommener jetzt, als im geheizten Zug zu fahren. Kolenko verschmerzt schon im voraus die mäßigen Beträge, die ihm der Standort dieser Woche verheißt. Nur die Windstille zählt, seine vom Außenwind unerreichbare Nische im Bahnhof Kaiserin-Augusta-Straße.

Er sitzt in der U7 Richtung Rudow, neben ihm ein Ukrainer mit Holzxylophon. Der bedauernswerte Mann steigt Yorkstraße aus, die Arktis unter den Musikstationen. Elf Eisenbrücken beschicken diesen Fangkorb mit ihren scharfen Lüften. Und nach den Minusgraden, die vor Hofers Schalter herrschten, fand sich nur der Mann aus Kiew, den der Platz nicht schreckte, da er in Handschuhen die Klöppel schlagen kann. Ebenbürtig kalt ist nur noch Eisenacher Straße, allerdings nicht zugig, mehr ein Gefrierhaus, in dem die Abwärme eines Bogenstrichs schon Dampf erzeugt.

Die Musik muss zur Tages- und Jahreszeit passen, mitunter auch zum Bahnhof und zur Gegend, die sich über ihm erstreckt. Im Bannkreis einer Einkaufsmeile, wo die Leute schon im Sog von Billigposten den Waggons entsteigen, sollten die Melodien kräftig sein. Hier wäre also keinesfalls der Ort zum Vortrag eines Jessenin-Gedichtes zur Gitarre. So wie ganz allgemein die Frühe es verbietet, mit sehr beschwingten Stücken aufzuwarten. Denn kaum dem Schlaf entrissen und mit vor Müdigkeit noch derangierten Zügen macht Frohsinn reizbar.

Gegen zehn Uhr sind schon Müßiggänger unterwegs, darunter stark vertreten die Seniorenschaft, deren Überschuss an freier Zeit sie gern zu selbsternannten Ordnungshütern macht. Manche verhehlen sogar ihre Vorfreude auf kleinere Konflikte nicht. Zum Beispiel zieht Kolenkos Nische im Unterdeck des Bahnhofs Kaiserin-Augusta-Straße Personen dieses Zuschnitts an.

Links der Nische steht ein Gabelstapler zur Belustigung von Kindern. Er geht, nach Einwurf einer Mark, die Kinder rüttelnd für zwei Minuten auf und nieder und macht, als ob er im Fabrikhof stünde, ernsthafte Arbeitsgeräusche. Und rechts der Nische steht ein Automat für Wochenhoroskope. Dessen Dienste sind zwar leise, er rattert nur am Ende, wenn er das Schicksal ausspuckt für die nächsten sieben Tage. Doch dafür hat er eine diffizile Kundschaft, die sich Ruhe ausbedingt, bevor sie ihre Daten eingibt und sich als Gegenwert für ein Zweimarkstück die Gewogenheit der Venus wünscht.

Kolenko hat den Akkordeonkoffer auf einen Marktroller geschnallt, obwohl er bei den vielen U-Bahn-Treppen das Gefährt fast öfter tragen muss, als er es ziehen kann. Vor seiner Nische gelangt er in den Luftstrom aus den Karstadt-Türen. Jede Schwingung bringt einen warmen Schwall. Und jeder Schwall, so glaubt er, lindert seine Ohrenschmerzen, sein Wintergebrechen, soweit er sich zurückerinnert.

Es begann ihn schon zu plagen, als er das Abenteuer in Jakutien suchte, der Heimat von Galina Alexandrowna, die damals sechzehn war und nur darauf gewartet hatte, dass er bei minus sechzig Grad plötzlich dastand im Kultursaal des Kolchosendorfes Eldikan, ein Akkordeon auspackte und Pariser Walzer spielte, die ihm jede Überredungskunst ersparten für ihren Aufbruch in den Süden Russlands.

Kolenko klappt das Sitzbrett an seinem Marktroller herunter, ein selbstmontiertes Patent, das ihn bei geradem Rücken und etwas vorgestreckten, leicht auswärts gestellten Beinen in Balance hält. Auf dem Instrumentenkoffer steht eine flache Plastikschüssel für das Geld. Und am Boden vor dem Koffer liegt ein beschriebenes Stück Karton: »Nehme gebrauchte Sachen für meine drei Söhne.« Diesen Wortlaut, bittstellerisch so zurückgenommen, dass er fast wie die Offerte zur Entrümpelung von Schränken klingt, hatte Frau Machate ihm diktiert.

Er beginnt mit »Lara«, der Filmmelodie aus *Doktor Schiwago*. Sie ist winterlich und russisch, zumindest sind ihr diese Eigenschaften durch die Kinobilder mitgegeben. Vor allem überbringt sie so viel Liebeswehmut, dass selbst ein Glücklicher sich diesem Mangelzustand überlässt.

Junge Mütter, die ins Kaufhaus wollen, bestimmen jetzt das Publikum. Sie feilschen mit den Kindern um das Bravsein und erfüllen ihnen schon beim Gabelstapler ihren ersten Wunsch. Und sogleich fällt in das Weihelied an die Vergeblichkeit der Liebe das maschinelle Rucken ein, sodass Kolenko nur dem letzten Ton noch eine Rundung gibt und unterbricht. Dann drückt er den Balg zusammen im Gestus des Kollegen, der die Szene für den Künstler auf dem Gabelstapler räumt.

Gewöhnlich bringt der Winter gute Spielbeträge. Je kälter die Kulisse, umso bezwingender die Musik, und umso weicher stimmt die Tapferkeit des Musizierenden. Und vornehmlich sind die Frauen diese Weichgestimmten. Oft errät man schon von weitem, wenn sie, befasst mit ihrer Tasche, den Passantenstrom verlassen, dass sie etwas geben werden. Oder sie bleiben im Vorbeizug der Menge, werden von ihrem Gemüt aber eingeholt und gehen zur Musik zurück.

Kolenkos Standort entbehrt dagegen jeder winterlichen Härte und inspiriert die Gebefreude nicht. Es ist im Gegenteil fast eine Wärmestube, in die es Leute zieht, die zu Hause ihre Kohlen sparen. Darunter mischt sich eine gutgestellte Rentnerklientel in ihren alpinen Monturen von kühnster Farbigkeit. Sie muss den Tag bestehen ohne Pflichten und neigt zu Missgestimmtheit, was der Leuchtkraft ihrer Kleidung widerspricht.

Man steht im Bann des Wechselspiels zwischen Gabelstapler und Akkordeon. Einer ruft *Schiwago*, als der Rüttler aufhört und das Kind absteigt. Der Russe soll noch mal von vorn anfangen. Er tut es, aber kommt nicht weit, weil schon der nächste Reiter im Begriff ist, aufzusitzen. Es folgt Protestgemurmel wie im Parlament. Man wünschte sich den Russen etwas widerständiger. Hierauf klagt ein Schlichter mehr Verständnis für den »Spaß der Knirpse« ein, dem beigepflichtet wird mit einem vielfachen »genau!«. Und diese altbewährte Beistandsformel wiederum entzündet einen Vaterländischen, der gleich die Fremdarbeiterfrage stellt.

Keiner friert und keiner hat es eilig, und jeden scheint die Streitbarkeit wie Frühsport zu beleben. Dann verebbt das Disputieren bei den Klagelauten einer alten Frau. Ihr Schmerz gilt dem Verlust einer Katze. Sie habe noch versucht, sie zu beatmen, sagt sie, ohne dass sie dafür einen Adressaten hätte. Unterdessen rettet sich Kolenko in das robuste Melodienstückwerk eines Potpourris, vorneweg den Schieber »Rosamunde« setzend.

Er spielt ohne Mütze und kann daher den Klang von Silbergeld und Groschen unterscheiden. So hört er bis zum Mittag vor allem Groschen niedergehen, von den Müttern erbettelte Kinderspenden. Die Kinder wollen ständig etwas geben, so wie sie ständig füttern wollen bei ihren Zoobesuchen, und nähern sich Kolenkos Schüssel wie einer fordernd ausgestreckten Affenhand.

Kolenko lebte gut bei Frau Machate. Er gab fünfzehn Mark Kostgeld für den Tag, und sie übte sich wieder im Kochen, das sie ohne das Echo eines Tischgenossen längst vernachlässigt hatte. Mittags schob Kolenko manchmal eine kurze Heimfahrt ein und konnte sich über eine Hühnersuppe setzen und nachher auf dem Läufer vor der Schrankwand eine Stunde schlafen.

Am Abend schleppte er die Sachen an, die er seinem Schild verdankte. Einmal stand er so bepackt auf Frau Machates Schwelle, dass sie, eingedenk der kleinen Wohnung, die Hände über sich zusammenschlug und er in ein geniertes Lächeln auswich. Er hatte inzwischen einen beträchtlichen Fundus zusammengetragen: Lederjacken, Stiefel, Hemden, Hosen, Mützen, Unter- und Nachtzeug.

Sein Schild erreichte auch das Herz der Witwen, die sich gewöhnlich schwertun mit den Hinterlassenschaften ihres Toten. Manche stellten noch am Tage der Begegnung die Leiter für den Hängeboden an, um an die Schuhkartons und Koffer zu gelangen. Sie stöberten in Truhen und Kommoden und fanden sich mit einem Bündel tadelloser Kleidung wenig später wieder bei ihm ein. Es kam auch vor, dass sie den Russen gleich zu sich nach Hause vor die Schränke baten.

Margot Machate, der soviel Mildtätigkeit selber nie widerfahren war und die über Kolenkos anwachsenden Beständen fast unwillig an das Gute im Menschen zu glauben begann, brachte dieses Gute indes nur Platzprobleme. In ihrem Flur, dem Wohnschlafzimmer vorgelagert und nicht größer als für einen aufgespannten Schirm, blieb gerade eine Schneise ausgespart. Hier türmten sich die Bündel und die Plastiktüten, die zudem leicht aus dem Gefüge rutschten und dabei alles mit sich rissen. Dann stiegen aus den guten, besonders pfleglich aufbewahrten Stücken, die ihm die Witwen überlassen hatten, die grämlichen Gerüche der diversen Mottenmittel.

So schwankte Frau Machate zwischen dem Gefühl der Nachsicht und dem der Übertölpelung, wobei sie letzteres nie lange zuließ. Schließlich zeugten die Kleiderkollekten des Russen von Familiensinn, dem ihre neidvolle Hochachtung galt. Ihr schien ein männliches Geschöpf, wie dieser sorgende Kolenko eines war, von der Natur bisher nicht vorgesehen. Der Mann war letztlich eine Freude. Gleichzeitig führte seine väterliche Rührigkeit zu unseligen Vergleichen. Denn sie war in Grobheit aufgewachsen.

Sie kam aus Neiße, einer Stadt in Oberschlesien; der Vater ein durch Faulheit ausgeruhter Sattlermeister, und die Mutter, infolge dieser Ausgeruhtheit, fast nur im Wochenbett erinnerlich. Sie war Modistin, garnierte Hüte auf dem Küchentisch, wenn sie es körperlich vermochte und eine Münze für den Elektrokasten übrig hatte, denn sonst verlosch das Licht.

Nächteweise und für kleines Geld schlief ein Reichswehrsoldat mit seinem Mädchen auf Machates Küchensofa. Er nannte sie »Paketchen«, weil er sie so handlich fand. Doch als der Sattlermeister dem Soldaten einmal sagte: »Bei dem Paketchen tropft mir auch der Zahn«, endete das Mietverhältnis.

Bei Tisch herrschte Mangel, der aber nicht den Vater traf. Denn der leidliche Verlauf eines Tages hing an seinem Wohlbefinden. Oft zogen Bratendüfte aus der Küche, die die Sinne animierten, indes nichts anderes verhießen, als dass der Vater alleine vor dem Batzen sitzen würde. Zu den festlichen Daten des Jahres gab es zwei Rouladen, für den Vater die eine und die andere, zerschnitten, für die sieben Kinder. Die Mutter nahm nur Sauce, sie zählte als Esserin nicht.

Es waren Mahlzeiten von kleiner Opulenz. Die Kinder hatten eine Kostbarkeit auf ihrem Teller, die sie, den Katzen ähnlich, wenn diese spielerisch der Maus noch eine Todesfrist einräumen, sich möglichst lange aufbewahrten. Sie trieben ihre Vorratsspäße, versteckten ihren Happen unter Bergen, Wällen und in Kratern aus Kartoffeln und täuschten einander, als hätten sie ihn längst verspeist. Schließlich kam der Augenblick, da der Vater seinen letzten Bissen kaute und, nach ihren Tellern Ausschau haltend, die Gabel wieder hob. Da schoben sie das Aufgesparte schnell in sich hinein.

Machates hatten das Ansehen armer Leute, für die der Bäcker das altbackene Brot zur Seite legte und der Metzger seinen Wurstverschnitt. Jeder wusste, dass der Vater, immerhin ein Handwerksmeister mit Gesellen, das Übel der Familie war. Einmal klopfte eine Nachbarin ans Küchenfenster. Es war ein dunkler Wintertag. Drinnen brannte eine Kerze, in deren Schein die Mutter einen Hut aufschmückte, und ihr zur Seite Margot, ihre Älteste, die ihrer Schwester Klärchen bei den Schularbeiten half.

»Zieht euch schnell was über«, rief die Frau, »euer Vater sitzt mit einem Fleischwurstring in seiner Werkstatt.«

Er prasste unter vollem Arbeitslicht, man sah ihn von der Straße. Er hielt den Wurstring wie ein Jagdhorn zwischen seinen Lippen, und neben ihm auf einem Hocker glänzten frische Brötchen. Man schickte Klärchen vor, ein zögerliches, sanftes Mädchen, dem der Futterneid des Vaters etwas natürlich Vorbestimmtes war. Und entsprechend zögerlich biss Klärchen in die Wurst. Als dann aber Margot, die beherztere der beiden, vor ihm stand, markierte er die Wurst mit seinem Daumen. Dann schrie er plötzlich auf. Margot hatte zu weit gebissen. Der Daumen blutete. Klärchen und die Mutter weinten. Da griff er nach dem Bleibeschwerer und warf ihn Margot in den Rücken. Jetzt schrie auch sie.

Kolenko hatte Frau Machates grüblerisches Leben aufgewirbelt. Sie ängstigte sich gern um ihn, hielt abends seine Zughand unters Licht, die strapazierte Linke, die den Balg bediente, die Atmung des Akkordeons. Er spielte jeden Tag zehn Stunden, Auftritte bei privaten Festen nicht gerechnet. Jetzt war sein Gelenk entzündet. Und auf dem Handrücken wuchs ein Überbein heran. Während Frau Machate beides kühlte mit Melissengeist, erging sie sich in einer sorgenvollen Litanei, die ihm behaglich war. Dann mündete die Litanei in ihre Prophezeiung, dass er, wenn er so weitermache, am Ende keine Mundharmonika mehr halten könne.

Nach zwei Monaten trat Kolenko seine erste Heimreise an. Sein Flugticket war auf den Tag noch gültig, und zeitgleich war sein Visum abgelaufen. Doch zog es ihn, von alldem abgesehen, ohnehin nach Hause. Das Akkordeon konnte bei Margot Machate bleiben. Es stellte keinen nationalen Kunstwert dar und musste somit nicht zurück nach Russland.

Jetzt galt es nur, den immensen Kleiderberg noch auf den Weg zu bringen. Kolenko schaffte ihn zum Nachtzug Berlin-Moskau. Das meiste gab er in die Obhut eines der Waggonchefs. Den Rest übernahm das Speisewagenkollektiv, devisenverwöhnte, teure Leute, die nur gegen Dollar Güter transportierten. Kolenko als Empfänger ihm zugeworfener Münzen und Sammler getragener Kleidung zählte sie schon den Gewinnern Russlands zu.

Auch die Klientel ihrer Kurierdienste passte ins Bild der neuen wilden Wirtschaft. Kolenko hatte zwei Männer beobachtet, die mit der Achtsamkeit von Sanitätern, die einen Kranken heben, Autoteile in den Speisewagen reichten. Zwei weitere Männer standen oben in der Tür. Sie mussten die Teile entgegennehmen und um die Ecken balancieren. Sie gingen millimeterweise vor, probierten Schräglagen und Hochkantpositionen aus, der eine rückwärts über die Plattform zum nächsten Waggon ausweichend, während der andere den Spielraum der geöffneten Toilette einbezog. Und dann kam der Moment, wo noch zwei Hände fehlten und Kolenko ihnen nützlich war.

Der Speisewagen war ein obskures Kabinett. Trübes, indirektes Licht von oben, lila die Schirme der Tischlampen, deren Schein auf lila gemusterte Tischdecken fiel, und die Fenster blickdicht hinter üppig gerüschten lila Gardinen. Dazu setzte sich die Farbe in synthetischen Fliederdolden fort. Sie fielen in Girlanden von der Decke, nur längs des Mittelgangs gerafft.

Die hinteren Tische waren für die Autobleche reserviert. In ihrer Glätte, einem metallisch wassergrünen Lack, und unter dem Flieder, der sie überrankte, lagen sie wie aufgebahrt. Davor hatten die vier Männer Platz genommen, um das vollbrachte Manövrieren zu begießen. Sie baten auch Kolenko, ihren Helfer, in die Runde, denn bis zur Abfahrt war noch Zeit.

Er setzte sich, genügte seiner Mindestpflicht als Russe und stieß mit ihnen an. Die Männer waren generöser Stimmung, die bald schon überschlug in Bruderseligkeit, in deren Mitte sich Kolenko fand. Es hieß, er schulde ihnen einen Wunsch. Da bat er sie, sich bei der Restaurantbelegschaft für seine Kleidersäcke zu verwenden.

Nach Kolenkos Abreise kehrte bei Margot Machate die Gleichförmigkeit ihres früheren Alltags wieder ein. Sie hatte ihr Gutes. Es gab keinen Kostgänger mehr, der hausfrauliche Überlegungen abverlangte und ihre Stunden bestimmte. Sie war des Sortierens der Münzen überdrüssig geworden, deren allabendlichen Niederprasselns auf ihrem einzigen Tisch, des Auftürmens, Abzählens und Einschlagens in die Rollpapiere, dies jeweils zur besten Fernsehzeit. Die Wohnung schien geräumig wie niemals zuvor, als habe sie, befreit vom Ballast des Russen, einen tiefen Atemzug getan.

Bei den Mahlzeiten entfiel jeglicher Aufwand. Sie sanken, wie es bei Alleinstehenden häufig ist, auf das Niveau bloßer Nahrungsaufnahme herab. Jetzt hatten die Rätselhefte wieder Konjunktur, asiatisches Lasttier mit drei, Flächenmaß mit zwei, alter Name für Istanbul mit vierzehn Buchstaben. Fließend, wie unter einem Weichensteller, kreuzten und fügten sich die Wörter, wenn Frau Machates Bleistift niederging. Es waren lachhafte, ihren Scharfsinn unterfordernde Übungen, nur dazu da, die eigenen Rekorde in Schnelligkeit zu brechen. Schließlich radierte sie die ausgefüllten Felder wieder aus und tauschte ihr Rätselheft gegen das einer Nachbarin, die ebenfalls radierte.

So vergingen einige Wochen, bis Margot Machate die einfachen Vergnügen, es warm zu haben, Programmzeitschriften zu studieren und auf den Abend mit den Filmen hinzuleben, immer weniger genoss. Ihre Ungestörtheit wurde trostlos, denn hinter der herbeigesehnten Ruhe hielt sich die Altersstille schon bereit.

Kolenko fehlte ihr. Sie hatte seine melodische Betrübtheit im Ohr, wenn er »meine liebe Frau Margot« zu ihr sagte. Auf diese Anrede war meistens eine Bitte gefolgt, manchmal auch eine Zumutung. Er hatte einmal einen Landsmann zu ihr hochgebracht und um ein warmes Bad für ihn gebeten. Es war ein abgerissener, erschöpfter, stummer Junge mit armeehafter Kopfschur, die, würde er gedient haben, bald hätte wiederholt werden müssen.

Frau Machate dachte sofort an einen desertierten Sowjetsoldaten, denn die Rückführung der Truppen stand damals bevor. Täglich las man über solche abgetauchten Burschen, die nichts mehr als ihre Heimkehr fürchteten und die gesteigerte Misere dortigen Kasernenlebens, wo sie hier schon vegetierten. Jetzt wurden sie als Tagediebe aufgegriffen, beim Mundraub und im Unterschlupf brachliegender Fabriken. Sie verkauften ihre Kalaschnikow. Und jeder Schuss aus dieser Waffe, gleich wer ihn gefeuert hatte, belastete zuerst den Lieferanten.

Den Abend, an dem sie, trotz ihrer Vermutung, dass es ein Deserteur war, den Jungen baden ließ, rief Margot Machate sich gerne zurück. Kolenkos dreistes Anliegen war inzwischen eine ritterliche Handlung, und die Rolle, die ihr damals zugefallen war, trug jetzt Züge einer kühnen Mitwisserschaft. Er sei Musiker und kein Soldat der Heilsarmee, hatte sie Kolenko angeherrscht, während der Junge in der

Wanne lag. Ihr Bad sei nicht der Waschplatz eines Männerheimes, hatte sie gesagt und war dabei schon mit dem Abendbrot befasst. Und kaum dass der Junge saß und aß, suchte sie die Utensilien für sein Bett zusammen.

Kolenkos Deutsch wirkte flüssig, da in jede seiner Äußerungen Höflichkeiten eingeflochten waren. Hörte er zu, drückte seine Mimik ein gebanntes Interesse aus. Damit nährte er Margot Machates Illusion, die gerne vom Hundertsten ins Tausendste, vom Hölzchen aufs Stöckchen kam, er begreife jedes ihrer Worte.

Eines Abends hatte er sie mit einer Kokosnuss überrascht, der Gabe eines wunderlichen Mannes im Bahnhof Möckernbrücke. Kolenko hatte mit dem Hammer einen Schraubenzieher in die Nuss getrieben und ihr die Milch kredenzt. Es war die zweite Kokosnuss im Leben Frau Machates. Sie nahm sie gleich zum Anlass, die Geschichte ihrer ersten Kokosnuss vor Kolenko auszubreiten.

Sie tauchte tief hinab in die Jahre ihrer Berufstätigkeit, bis sie dem Genossen Herbert Warnke gegenübersaß, der sie zum Diktat gebeten hatte. Warnke war Vorsitzender des Freien Deutschen Gewerkschaftsbundes. Er züchtete Wellensittiche neben seinem hohen Amt und verschenkte Jungvögel in der Chefetage. Auch der Springersekretärin Margot Machate hatte er ein Exemplar geschenkt.

Es war grau, und sie nannte es Bobchen. Und Bobchen hatte im Umgang des Vorsitzenden mit Frau Machate eine kleine Privatheit gestiftet. Wann immer er sie sah, stellte er die Frage: »Was macht Bobchen?«, und darauf ihr verzücktes Schildern, wie Bobchen auf dem Brillenbügel langspaziere.

Dann lag um die Weihnachtszeit auf Warnkes Schreibtisch eine Kokosnuss. Sie befand sich noch in vollem Bast und irritierte Frau Machate, die so ein Ungetüm von einer Nuss bisher nur abgebildet kannte. Vor allem irritierte sie die struppige Beschaffenheit im Kontakt mit einem aufpolierten Möbel. Doch überspielte sie das für sie Ungebührliche, indem sie Warnke fragte: »Wem willst du denn den Kopp einschlagen, Herbert?« Und Warnke sagte: »Margot, du kannst sie haben, leg sie untern Tannenbaum.«

Endlich kam Post aus dem Kaukasus. Leider war es nur ein Bittbrief mit vorausgeschickten Dankesformeln. Wladimir Alexandrowitsch Kolenko, den Frau Machate »Wladi« nannte, erbat eine Einladung für sich und Galina Alexandrowna sowie für Sergej, den ältesten ihrer Söhne. Obwohl es sie enttäuschte, dass gleich der erste Brief auf ihre Nützlichkeit gerichtet war, ging Margot Machate zum Meldeamt.

Sie sah das Nachtlager schon vor sich, die bei Tage aufgetürmten Bettenberge. Wo schliefe der Halbwüchsige und wo das Elternpaar, das Monate an seiner Trennung krankte und dann bei ihr vereinigt wäre? In ihrem Antwortbrief beschwor sie die Enge der Wohnung. Es sei kein böser Wille, schrieb sie an Kolenko, doch rate sie ihm ab, zu dritt zu kommen. Trotz ihrer Bedenken legte sie ihrem Brief die Einladung bei.

Zuerst reiste Kolenko an, teilte aber gleich im Ton einer frohen Botschaft mit, dass Frau und Sohn drei Wochen später kämen. Sein Glück darüber musste auch das Glück Margot Machates sein. Er sprach sogar, als habe er ihren verhaltenen Brief gar nicht gelesen, eine nächste Einladung an, indem er sie belehrte, wie diese noch besser zu verfassen wäre.

Es war Hochsommer, und Kolenko schätzte jetzt die Zugluft in den U-Bahnhöfen. Doch fehlte das bessergestellte Publikum. Es fiel kaum Silbergeld in den Karton. Wer sich in der heißen Stadt aufhielt, hatte wenig zu verschenken. Familien mit Schwimmbadgepäck zogen an ihm vorüber, junge Touristen, die Daumen hinter die Rucksackriemen geklemmt. Kolenko spielte und sparte. Er aß die Vortagesbrötchen, die an den Kiosken einiger Türken umsonst zu haben waren. Nur Unermüdlichkeit half gegen die schlechte Saison. Für die letzten Stunden bis Mitternacht fuhr er zum Kollwitzplatz und trat noch im Café *Zur Krähe* auf.

Galina Alexandrownas Ankunft fiel mit den Wonnen des Sommerschlussverkaufs zusammen. Es schien, als habe Berlin ihr einen Empfang bereitet.

Bis auf die Bürgersteige reichte die schwindelerregende Warenüppigkeit. Und in Frau Machates Flur türmten sich bald wieder Tüten.

Die Eheleute schliefen in der Küche hinter der lamellendünnen Schiebetür. Es werden keine überschwänglichen Nächte gewesen sein, da die Tür jede Regung einer Liebesinnigkeit scheppernd übertragen hätte. Auch das gekniffte Stück Papier dazwischen, zu dem Margot Machate wohlweislich geraten hatte, machte aus der Küche keinen verschwiegenen Ort. Im Grunde kannten Galina Alexandrowna und Wladimir Alexandrowitsch aber gar keine anderen als solche hellhörigen Nächte. Sie hatten sechzehn Jahre in Kommunalkas verbracht, auf die Abwesenheit von Nachbarn hingelebt, ständig eingedenk der jähen Störung. Gegen den Unterschlupf in ihrem ersten Ehejahr jedoch, als sie Jakutien verlassen hatten und zehntausend Kilometer südlich davon in der kabardinischen Stadt Prochladny lebten, waren diese Quartiere privilegiert. Dort hatte sie nur ein Schrank von der nächsten Wohnpartei getrennt. Man hatte deren Schlaf herbeigewünscht, gewartet, dass jenseits des Schranks die Atemzüge regelmäßig würden. Und die beste Fügung war ein Vollrausch, der den Nachbarn niederstreckte.

Frau Machate, der die Ehe nur eine Zufügung von Derbheiten bedeutete und der eheliche Akt zu den ruhestörenden Widrigkeiten in Mietskasernen zählte, nahm die Stille in ihrer Küche als einen Beweis des Glücks, als würde das Heimliche die Haltbarkeit der Liebe bedingen.

Sergej schlief vor der Schrankwand in Frau Machates Stube. Er war sechzehn und von der Gelangweiltheit eines jungen Mannes, der die Familienwärme wie ein ermüdendes Bad hinnimmt. Er hielt zwei Stunden Mittagsschlaf. Am Abend übte er die Hoheit über die Fernsehprogramme aus. Frau Machate beschrieb ihn als einen »bräsigen Bengel«, vom Wesen her nicht Fleisch, nicht Fisch. Dazu nährte er ihren Verdacht, das Deutsche besser zu verstehen, als er es eingestand. Er gefiel ihr nicht, im Gegensatz zu seiner Mutter, die Frau Machate ein »Topweib« nannte.

Sie sprach sie in der Koseform Gala an, der Vorstufe des noch zarteren Galitschka, die sich Kolenko vorbehielt. In der Frühe, wenn er aus dem Haus war, Sergej noch schlief und Frau Machate ohne Elan für den neuen Tag liegend vor sich hin sinnierte, trat Gala mit Tee an ihr Sofa. Sie hatte schon Lidschatten aufgetragen, war untadelig frisiert und gekleidet. Sie trug die geschenkten Sachen aus Berlin, mit denen Kolenko sie überhäufte. Und ihre Schlankheit machte sie alle erlesen. Gala war schön.

Es war eine Freude, sie um sich zu haben. Die übervölkerte Wohnung schien vergessen. Der Mangel an Verständigung beförderte die Harmonie, da

Frau Machate gerne redete, und Gala, statt zu reden, lächelte.

Sie führte den Haushalt, senkte beschwichtigend die Hände, Margot Machate möge sitzen bleiben. Die Nachtlager waren schon verstaut, ehe Margot Machate von dem ihren sich erhoben hatte. Wie eine Nomadenfrau, der jeder Handgriff vor dem Aufbruch zur Natur geworden war, hatte Gala freie Bahn geschaffen. Nach vierzehn Tagen reiste sie ab, ihr zur Seite Sergej, der, plötzlich zur Nützlichkeit erwacht, nun ein guter Gepäckträger war.

Im Februar 1994 trat Kolenko drei Wochen im Kaufhof am Alexanderplatz auf. Für die unwirtliche Jahreszeit war es ein ideales Engagement. Er verdankte es einem Abteilungsleiter, der ihn auf der Jannowitzbrücke gehört hatte. Man gab ihm achtzig Mark am Tag, dazu das Essen. Um 10 Uhr war Spielbeginn im Parterre. Dann folgten die anderen Etagen, bis er um 17 Uhr zur Blauen Stunde oben im Café aufspielte. Dabei trug er einen bunt garnierten Strohhut.

Seine kranke Linke, die Zughand beim Akkordeon, verdeckte ein Verband. Er hatte sie inzwischen operieren lassen. Er solle öfters Pause machen, mahnte der Abteilungsleiter, man brauche ihn noch länger. Sogar ein zweites Gastspiel im August war schon vereinbart, der hierzu benötigte Einladungsbrief ihm auch schon ausgehändigt worden.

Ende Februar fährt Kolenko zurück nach Jessentuki, obwohl sein Visum bis Ende März verlängert ist. Er hinterlässt einen verärgerten Abteilungsleiter. Doch Galina Alexandrowna sitzt zu Hause ohne Geld. Die vorgezogene Reise sollte er noch büßen müssen.

Im Mai schickt Kolenko Pass und Einladung des Kaufhof an die Deutsche Botschaft mit der Bitte um ein Visum für August. Da er keine Zweifel an einer routinierten Abwicklung seines Anliegens hegt, macht er sich Mitte Juli auf den Weg nach Moskau, anderthalb Tage und eine Nacht. In seinem leichten Sommergepäck befindet sich eine bestickte Tscherkessenmütze. Sie behagt ihm mehr als der Strohhut, den ihm der Kaufhof überlassen hatte. Er sieht sich schon damit zur Blauen Stunde spielen.

Am 27. Juli nimmt Kolenko dann in Moskau seinen Pass entgegen, in dem, mit Datum des gleichen Tages, ein Stempelvermerk die Einreise nach Deutschland verbietet. Die Botschaft hatte den Kaufhof kontaktiert.

Im Oktober versucht Kolenko noch einmal sein Glück. Wieder die lange Anfahrt aus dem Kaukasus, und wieder ist er zuversichtlich. Er hat einen neuen Gastgeber für Berlin gewinnen können. Pass und Einladung liegen der Botschaft vor. In der Warteschlange lernt er die Jüdin Mara Lwowna kennen, die ebenfalls nach Deutschland möchte. Sie verhilft ihm zu einem

Nachtquartier bei ihrer Freundin Lilia Moisewna. Und er schenkt ihr zum Dank sein deutsches Wörterbuch.

Kolenko findet Lilia Moisewna in einem fünfstöckigen Block, den man in Moskau *Chruschtschowka* nennt, ein Name, dem kein guter Klang anhaftet. Der Häusertypus, für den er steht, half in der Ära Chruschtschow einem Wohnungsnotstand ab. Sein minimaler Standard, hieß es damals, sei vorübergehend.

Während Kolenko die letzte Treppe noch vor sich hat, wartet oben schon die Moisewna. Sie spielt gleich auf die Dürftigkeit des Hauses an. Nichts währe ewiger als das Vorübergehende, sagt sie zum Empfang. Das Zimmer kostet 20 000 Rubel, der Inflation entsprechend das Doppelte von dem, was er im Juli bei Verwandten zahlte. Doch tröstet ihn die günstige Lage zur Botschaft. Vierzig Minuten von Haus zu Haus, wofür er damals fast drei Stunden brauchte.

Am anderen Abend steht Lilia Moisewna verlegen in der Tür. Ihre Tochter sei überraschend heimgekehrt. Sie war aus Iwanowo angereist, einer Textilstadt östlich von Moskau, einem, seines Frauenüberschusses wegen, legendären Ort, von dem robuste Lieder handeln. Eines lautet sinngemäß: »Jetzt halt den Mund, sonst seh ich mich in Iwanowo um!« Die Tochter will nicht mehr nach dort zurück, und Kolenko musste weg.

Gegen Mitternacht erreicht Kolenko die ländliche Vorortsiedlung. Beim Anblick des Mannes, der einen Marktroller mit aufgeschnalltem Instrumentenkoffer zieht, regen sich die Hunde auf. Ihr Bellen begleitet ihn bis zum letzten Haus, wo er an ein Fenster klopft, hinter dem man ihn erwartet. Sogar die beiden Kinder turnen noch herum. Die späte Ankunft des Onkels samt der Inbrunst seiner Entschuldigungen ist ein willkommenes Spektakel. Auch das Räumen der Betten mit der Aussicht, ins Elternzimmer umzuziehen, genießen sie.

Kolenko bringt noch sieben Tage in der Schlange vor der Botschaft zu. An jedem dieser Tage schleicht er um 5.30 Uhr aus dem Kinderzimmer. Aus Rücksicht auf die Schlafenden bricht er ohne Frühstück auf, besteigt um sechs den Bus, um 6.20 Uhr den Zug zum Leningrader Bahnhof, um sieben steigt er in die U-Bahn, Station Komsomolskaja, um, am Prospekt Wernadskowo wechselt er zum Bus 666, der um 8.30 Uhr in der Uliza Krawtschenko hält, wo die Deutsche Botschaft liegt.

Aus der Mitte der Warteschlange winkt die Jüdin Mara Lwowna ihn an ihre Seite. Und jedes Mal spricht sie, ihre Untröstlichkeit beteuernd, den Fehlschlag mit der Moisewna an. Dann prangt am siebten Tag der negative Stempel wieder in Kolenkos Pass. Jetzt strebt er einen Namenswechsel an.

Drei Monate später, im Januar des folgenden Jahres, hieß er Karpow. Kolenko hatte sich scheiden lassen und die frisch verwitwete Olga Andrejewna

Karpowa geheiratet, eine Freundin Galinas. Beide arbeiteten in der Stadtkantine von Jessentuki, Olga im Büro die Bücher führend, während Galina, die Kassiererin, im Tagestrubel stand.

Natürlich war die Eile, in der dies alles sich vollzogen hatte, teuer. Die Scheidungsrichterin wollte dem Paar die Zerrüttung nicht abnehmen, bis sie für 50 000 Rubel schließlich daran glaubte. Dazu erließ das Standesamt für weitere 50 000 Rubel die Bedenkzeit, die es normalerweise auferlegt. Galina weinte etwas bei der kargen Zeremonie. Alle, außer der Beamtin, trugen Alltagskleider. Trauzeugen waren ein Bademeister vom Sanatorium *Russland* und Ludmilla Sergejewna, die Kulturarbeiterin des Sanatoriums *Kasachstan*. In der Stadtkantine trank man eine Flasche auf Kolenkos neuen Pass, in dem nun Karpow stand.

Diesen Pass nahm am Abend des übernächsten Tages Mara Lwowna, Kolenkos Moskauer Vertraute, im Bahnhof Kurski in Empfang. Er war in der Obhut einer Schlafwagenschaffnerin nach Moskau gelangt, wo Mara Lwowna ihn für 20 000 Rubel auszulösen hatte.

Sie reichte ihn bei der Deutschen Botschaft ein. Alleine diese Gefälligkeit sollte sie die Vormittage einer ganzen Woche kosten. Und als die Warteliste derer, die nach Deutschland wollten, den Namen Karpow führte, war es März geworden. Dann wurde es Mai, und Mara Lwowna meldete dem Freund im Kaukasus, jetzt sei die Reihe bald an ihm.

Von nun an wird Kolenko nur noch Karpow heißen. Wladimir Alexandrowitsch Karpow also, der Mann mit dem Akkordeon aus dem kaukasischen Kurbad Jessentuki, folgt der Verheißung Mara Lwownas und bricht nach Moskau auf. Doch Mara Lwowna hatte sich verschätzt. Karpow muss noch bis Juli auf sein Visum warten.

Er wohnt bei Maria Nikoworowna, die Wächterin im Tolstoi-Haus ist. Bevor sie diesen Dienst versah, nähte sie Fallschirme in der Fabrik Rote Rose. Das Fenster, hinter dem sie nähte, lag zum Tolstoi'schen Garten hin. Er empfahl sich ihr zu jeder Jahreszeit. In ihm war nie ein Winter schmutzig, und in den Sommern führte er die Kühle unter seinen Bäumen vor. Auch wenn Maria Nikoworownas Liebe zu Tolstoi nicht erst hatte geweckt werden müssen, so hielt der erquickende Garten diese Liebe doch frisch.

In der Stille des Tolstoi-Hauses grenzt ein Gelächter fast schon an Tumult. Beispielsweise das Gelächter einer Mädchenklasse, die ihre Auswahl unter den Pantoffeln trifft. Es handelt sich um dünne Schlappen mit zwei Bändern für die Fesseln. Sie befinden sich in einer hochgeklappten Truhenbank, in der man lange wühlen muss für zwei intakte Exemplare. Meist fehlt ein Band, und sollte keines fehlen, hat man ein Ungetüm ans Licht gezogen, das breiter ist als ein Rhabarberblatt.

Die Intimität der oftmals dunklen Zimmer verwandelt auch die Wächterinnen in historische Figuren. Das Altersfrösteln hat sie im Griff. Sie tragen Umschlagtücher, über der Strickjacke noch eine Weste, über den Strümpfen noch Socken und alles in bunter Zufälligkeit. Doch scheinen sie sorglos, als vergönne die Herrschaft ihnen bis zum Lebensende einen Ofenplatz.

Man bemerkt die Wächterinnen gar nicht auf den ersten Blick, da sie so reglos sitzen. Erst wenn man einen Teller anfasst oder im Begriff ist, die Portiere anzuheben, lösen sie sich aus ihrer statuarischen Versunkenheit und erläutern die Gegenstände, über die sie wachen. Das Geschirr für täglich sei aus englischer Fayence. Beim sechsten Ruf der Kuckucksuhr, eines deutschen Fabrikats, nahmen die Tolstois das Mittagessen ein. Am oberen Tischende, den Rücken zum Fenster, saß Lew Nikolajewitsch, der Vegetarier war. In der kleinen Schüssel neben der Terrine für die Fleischbouillon wurde ihm sein Brei serviert.

Man zeigt sich bewegt über die Bestimmung jener kleinen Schüssel, was die Wächterin zum Anlass nimmt, ihre monotone Hinweistätigkeit zu unterbrechen. Sie erzählt von einem Huhn, mit dem Lew Nikolajewitsch zu einer Mahlzeit erschienen sei. Er habe es an einen Stuhl gebunden, auf das Tischtuch eine Axt gelegt und die Versammelten belehrt, wer ein Huhn esse, müsse es auch töten können.

Die Wächterin liebt diesen Auftritt des Hausherrn. Und läge er nicht hundert und mehr Jahre zurück, könnte ihr erregter Vortrag einen glauben machen, alles habe sich soeben erst ereignet und sie habe dem durch einen Türspalt sehend beigewohnt.

Einmal im Jahr nimmt sie das Tischtuch mit, um es zu waschen. Auch dieser Pflicht gibt sie den Anschein, Lew Nikolajewitsch persönlich habe sie damit betraut. Sie erwähnt es wie ein über sie verhängtes Los, von dem sie aber keinesfalls befreit zu werden wünscht. Und unwillkürlich stellt man sich ihr knapp bemessenes Zuhause vor, wo jene riesige Tolstoi'sche Tafeldecke aus Damast nie ausgebreitet liegen könnte, wo sie mehrmals gefaltet über einer Heizung trocknet und schließlich von einem Bügelbrett in schmalen, mühsam geglätteten Partien zu Boden fällt.

Dem Speisezimmer schließt sich das Kabinett von Sonja Andrejewna, Gräfin Tolstoja an, dem sogleich das Kinderzimmer folgt. Es ist mehr Durchgang als Refugium, ein den häuslichen Behelligungen ausgesetzter Zwischenraum. Schon die Miene seiner Wächterin verrät, dass es kein Ort heiterer Aufenthalte gewesen sein kann. Aus jedem Möbelstück macht sie ein Requisit des Fleißes, bringt es in Zusammenhang mit Mutterpflichten und Ehepein: den eleganten Nähtisch, an dem die Gräfin Kindersachen flickte, den Schreibsekretär, an dem sie das Tagwerk ihres Mannes aus der Wirrnis verworfener und zugefügter Zeilen in Schönschrift übertrug, *Krieg und Frieden* ein Dutzend Mal.

Zu den Ehebetten tritt die Wächterin wie an ein Grab. Sie sind schmal und stehen hinter einem Wandschirm, was ihnen eine hospizhafte Strenge gibt. Eigentlich ist es ein Witwenlager, da auf einem Bett die Kissen fehlen. Auch der bunte Überwurf kaschiert nicht die Hälfte dieses Bettenpaares. Sonja Andrejewna habe ihn gehäkelt, sagt die Wächterin in einem Ton melodischen Jammerns, wie er nur dem Russischen gegeben ist. Hier gilt er dem Entzug der Gattenliebe.

Das Genie des Hausherrn entschuldigt für sie nichts. Sie misst ihn daran, dass er mit Sonja Andrejewna dreizehn Kinder hatte und ihr keine Amme zugestand. Die Gräfin stillte unter Schmerzen. Diese Torturen stellt die Wächterin mit vorgeneigtem Oberkörper und über der Brust verschränkten Händen dar. Dann fallen die Gebärden plötzlich von ihr ab, da als unliebsame Zeugin Ninel Michailowna hinzugetreten ist.

Sie trägt eine Brille, kurzes, blaugetöntes Haar und entgegen der hier üblichen Vermummung nur ein Seidenkleid. Gewöhnlich sitzt sie lesend am Broschürentisch im Vestibül, wo auch die Pantoffeltruhe steht. Ihre Kühle kontrastiert mit der im Hause nistenden Bekümmertheit. Denn jedes Zimmer bringt eine Tragödin hervor, zumindest fördert es den Hang dazu; und allen voran das Kabinett der Gräfin, das die Bühne eines Klageweibes ist.

Man spürt das Missvergnügen Ninel Michailownas an den Moritaten über das Tolstoi'sche Eheleben. In ihrem Beisein muss dem Kabinett die Düsternis entweichen. Der Gräfin müssen schöne Augenblicke zugestanden werden. Bei Neumond, sagt die Wächterin, habe sie Tolstoi den Bart beschneiden dürfen. Er saß dabei im selben Wiener Sessel, in dem man sich soeben die Tolstaja noch beim Stillen vorzustellen hatte.

Ohne Sonja Andrejewna Tolstaja würde es das Haus nicht geben, das heißt, es wäre nie erworben worden von Tolstoi, da ihm vor Moskau graute, während es ihr fehlte. In Jasnaja Poljana, dem Tolstoi'schen Familiensitz, waren der Gräfin die Winter zu lang. Sie entbehrte Gesellschaft und etwas Mondänität. Also hatte man 1882 ein Anwesen gekauft, das seiner Abneigung wie auch ihrer Vorliebe Rechnung trug. Es war ein Landsitz für die Stadtsaison mit Remisen und Pferdestall, einem Hügel für Schlittenfahrten und einer Eisbahn, die in jedem Jahr durch Hunderte von ausgekippten Wasserfässern neu entstand.

An den Garten grenzten damals schon Fabriken. Ihre Sirenen irritierten den aristokratischen Tag.

In der Frühe, die Tolstoi'schen Hähne übertönend, scheuchten sie Elendsgestalten aus ihren Schlafverschlägen. Sie heulten zur Teezeit, wenn sich im Samowar die Sèvres-Tassen und die Konfitüren spiegelten, beim Musizieren später wieder, dann ein letztes Mal, wenn die Fabriken schlossen. Das war am Abend zur Lektürestunde. Lew Nikolajewitsch schämte sich der angenehmen Bräuche seines Standes inmitten dieser Fron.

Der Kinder wegen hielt man eine Milchkuh. Sie traf mit der Dienerschaft aus dem zweihundert Kilometer entfernten Jasnaja Poljana ein. Über die Frage, wie die Kuh nach Moskau gelangte, geraten zwei Wächterinnen in einen Wettstreit der Mutmaßungen. Die erste glaubt, ein Güterzug habe sie zum Kursker Bahnhof transportiert, was der zweiten unvorstellbar ist. Es wird die Möglichkeit erörtert, dass sie, in einem Pferdeschlitten stehend, gezogen wurde. Dann lässt man sie in einem Wagen in die Stadt einfahren. Am Ende führt die erste Wächterin den Fußmarsch zweier Pilgermönche an, zweier Buddhisten ohne Strümpfe, die für den Hin- und Rückweg eine Woche brauchten. Jetzt schickt man auch die Kuh zu Fuß nach Moskau. Ihre gemächliche Gangart bedenkend sowie das zügige Ausschreiten der Mönche, gesteht man ihr vier volle Tage für eine Strecke zu.

Für einen Adelssitz im damaligen Moskau war Tolstois Haus bescheiden. Es galt als mittelmäßig ausgestattet. Dieselben Wiener Bugholzstühle standen auch in Restaurants. Das Haus verriet die Widersprüche eines Grafen, der eine Muschikbluse trug und den Lakai im Vestibül mit weißem Handschuh wünschte.

Eine tuchbespannte Treppe führt zum Salon hinauf. Auf dem ersten Treppenabsatz hält ein junger Bär, sein Präparator hat ihn ganz schwach lächeln lassen, das Tablett für die Visitenkarten. Es war ein Beutetier Tolstois, der sich dieses Jagdglück nie verzieh.

Drei Blumenständer mit Dauergrün schaffen dem Bär eine Wildnis. Sie ist kümmerlich wie die Gewächse auf den Fensterbänken. Allesamt sind es Pfleglinge der Wächterinnen, die jedem Ableger ihre zimmergärtnerische Hege angedeihen lassen. Jedem Seitentrieb bereiten sie ein Wurzelbett, separieren jeden Schössling in einen gesonderten Topf.

Unter dem Flügel im Salon sieht ein zweiter Bär hervor. Sein Schicksal hat ihn zum Teppich gemacht. Er liegt auf einem rotgezackten Tuch, das einen Flammenrand darstellt, der ihn unentrinnbar einschließt. Auch sein Gesicht, obwohl er zu dekorativen Zwecken den Feuertod erleidet, drückt Wohlbefinden aus.

Indessen treibt die Wächterin zur Würdigung des Tisches an, der den Salon beherrscht. Der Teetisch habe zwanzig Beine. Zu seiner vollen Länge ausgezogen, reiche er für vierzig Gäste. Die beiden Sätze klingen wie vom Laufwerk einer Puppe hergesagt, auch das Wort »französisch«, das sie für die Kostbarkeit des Teegeschirrs bemüht.

Dann zieht sie aus dem Dickicht ihrer Wollbekleidung das Poliertuch für den Samowar, ihren nimmersatten Götzen. In ganz Russland wird es keinen glänzenderen geben, denn die Alte wischt nach jeder Tischbesichtigung an ihm herum, als habe ihn der Atem der Besucher stumpf gemacht.

Am Ende folgt der Handgriff, der sie über alle Wächterinnen hebt. Sie hat die Augen schon geschlossen, als sie den Knopf eines Rekorders drückt.

Knackend und rauschend setzt ein Walzer ein, am Flügel Alexander Borissowitsch Goldenweiser. Er spielt zu Tolstois achtzigstem Geburtstag im Jahre 1908. Dann spricht der Jubilar. Er dankt einer Schulklasse für ihren Besuch. Es freue ihn, dass sie gute Kinder seien. Und was er ihnen heute sage, werde später einmal mehr Bedeutung haben. Zugegen war auch Thomas Alva Edison, der phonographisch alles konservierte.

Das Tondokument scheint für diesen musealen Zweck zurechtgestutzt. So ist das Ereignis nur kurz, der Wächterin hingegen, für die es mehrmals täglich wiederkehrt, ist es zu lang. Der Sitzschlaf hat sie eingeholt und ihr Gesicht in den vom Alter geräumigen Hals gebettet.

Karpow hatte seine Zimmerwirtin Maria Nikoworowna auf der Twerskaja kennengelernt, wo sie in Höhe des Dolgoruki-Denkmals, des Reiterstandbilds des Begründers von Moskau, ein böser Zwischenfall zusammenführte. Wie alle Magistralen und wichtigen Plätze profitierte auch die Twerskaja vom Beleuchtungsehrgeiz des Bürgermeisters. Sie lag in jener Lichtzone, in der das abendliche Moskau triumphiert, wodurch die angrenzenden Straßen umso kontrastreicher dunkel sind.

Der Schrei kam aus der Stoleschnikow-Gasse, die Maria Nikoworowna und Karpow, mit etwas Abstand hinter ihr, gerade überquerten. Während Maria Nikoworowna beschleunigt weiterging, hielt Karpow inne und sah in die abschüssige Gasse hinab, in der er ein Geschehen um den Schrei zu erkennen hoffte. Drei Männer schlugen eine Frau, die sich jetzt wimmernd zu rechtfertigen schien und dann, am Boden liegend, nur noch schrie.

Davon hob sich das Aufjaulen eines Hundes ab. Jemand musste ihn getreten haben, denn er schoss schmerzgetrieben aus der Dunkelheit der Gasse auf die helle Twerskaja, die seinesgleichen, ein elender Futtersucher, falbfarben und mager, eher meidet. Er raste direkt zum Rathaus hinüber, vor die Beine zweier Milizen, um gleich auf die Fahrbahn zurückzustürzen.

Wenig später war auch Maria Nikoworowna stehen geblieben. Sie sorgte sich um den Fremden, der hinter ihr gegangen war und nun entschlossen schien, der Frau in der Gasse zu helfen. Offenbar um freie Hand zu haben, hatte er seine Tasche am Denkmal abgestellt, als sie ihm zurief, sich nicht einzumischen.

Die Schinder waren noch immer zugange. Sie fürchteten keinen Zeugen, schon gar nicht den zierlichen Karpow, der flehentliche Gesten zu den Milizen hinüberschickte. Diese versahen, obwohl dem Rathaus zugeordnet, ihren Dienst in aller Lockerheit, rauchten und scherzten, vertraten sich die Füße oder gingen formlos auf und ab. Sie unterlagen also keinesfalls dem Ritual von Wachsoldaten, die über dem gereckten Kinn den Blick ins Nichts gerichtet haben und, soweit es dem zu schützenden Objekt nicht schadet, jedwedes Ereignis ignorieren müssen.

Doch Karpows Notsignale wurden nicht empfangen. Die Milizen hatten plötzlich Haltung angenommen und standen wie die Mausoleumsgarde nun unabkömmlich stramm.

Nach dem Rausch der Züchtigung löste sich das Schlägertrio auf. Der eine warf der Frau, die über den Asphalt kroch, ihre Tasche zu und verschwand in einem Haus. Der zweite half dem Opfer auf die Beine und zog es gassenabwärts mit sich, während der dritte hinaufging zur Twerskaja. Er wuchs mit jedem Schritt, wurde größer und breiter, die Lederjacke noch gewaltiger, und seine herausgekehrte Ruhe wurde schärfer. Dieses Prachtstück eines Exekutors kam nun auf Karpow zugeschlendert. Im Grunde war sein Anblick eine vorgezeigte Waffe. Karpow, den kurz zuvor noch die Gesinnung eines Ritters fast hinabgetrieben hätte in die Gasse, setzte ein von Angst verformtes Lächeln auf. Er sah sich schon niedergestreckt durch eine beiläufig vorschnellende Faust. Aus dieser Erwartung riss ihn die Stimme Maria Nikoworownas.

Sie empfing ihn als Held, der eine Schlacht geschlagen hat. Sie nannte ihn tapfer, gleichzeitig verurteilte sie seine Tapferkeit als den Zeiten nicht mehr angemessen. Indes verstärkten ihre vorwurfsvollen Huldigungen Karpows Schmach. Er hatte kapituliert, fast schämte er sich seiner heilen Haut. Es erbitterte ihn auch Moskau, das solche unbesorgten Täter gedeihen lässt, auch die prunkende Twerskaja, auf der man einen Schrei hinnimmt wie das Gezänk bei einer Katzenpaarung, von den Milizen ganz zu schweigen.

Karpow und Maria Nikoworowna entfernten sich in Richtung Puschkin-Platz. Sie mieden den Fußgängertunnel mit seinen Verzweigungen zu den U-Bahnhöfen, da sie dort unten den Riesen aus der Gasse vermuteten. Zu Füßen des patinagrünen Puschkin erregte etwas, das am Boden lag, das Interesse der Passanten. Und Maria Nikoworowna ahnte, dass es der Hund war, dessen Flucht über die Twerskaja ihn getötet hatte.

All dieses Unheil machte sie einander zugehörig. In groben Zügen stellten sie ihr Alltagsdasein dar. Karpow führte seine Übernachtungsnöte an und Maria Nikoworowna ihre Kommunalka, die sie inzwischen nur noch mit einer Alten teile, deren Eigenheiten ein ihr angenehmes Ehepaar vertrieben habe. Das nunmehr freie Zimmer bot sie Karpow an. Dann bestellte sie ihn für den nächsten Tag zu sich ins Tolstoi-Haus.

Er fand sie am Ende des vorgegebenen Parcours, in einem dunklen Flur im Erdgeschoss. Für die Tolstois hieß er *Die Katakombe*, auch der steilen Treppe wegen, die vom Salon zu ihm hinunterführte. Links gingen Kammern ab, die des Kammerdieners Ilja Wassiljewitsch mit seinem Portraitphoto über dem Bett, dann die der Wirtschafterin und die der Schneiderin, in denen jeweils eine Schürze an einem Nagel hing.

Die Decken waren niedrig, am Boden Bretterdielen und unsichtbar hinter dem Lichtstrahl einer Taschenlampe Maria Nikoworowna. Karpow hörte sie ein Taftkleid kommentieren, das, den Kammern gegenüber, einen ganzen Wandschrank füllte. Es stamme aus Paris, die Tolstoja habe es für einen Bittbesuch beim Zaren angeschafft. Dabei stocherte Maria Nikoworowna mit ihrer Lampe seinem Faltenwurf entlang. Karpow bedauerte sie für ihre Wirkungsstätte, und sein Mitgefühl kränkte sie nicht nur, es war auch übereilt.

Im hinteren Teil des Flures fiel Tageslicht auf Tolstois eigentümlich langgestrecktes Fahrrad, auf seinen Waschtisch, ein über Kreuz gelegtes Hantelpaar aus Eisen, auf seine selbstgenähten Stiefel und ein Zinngeschirr, in dem er Schusterpech erwärmte. Es waren Reliquien, die das Herz berührten, doch Karpow fehlte die Muße.

Er existierte nur noch im Bann des unwägbaren Visums, im Warten in der Botschaftsschlange, in irrwitzigen Bus- und U-Bahn-Fahrten zu entfernten Nachtquartieren. Er musste schlechte Betten, die er zahlte, loben, erfreut und leise sein und alles für den Glücksfall eines ambulanten Musizierens in Berlin. Und hier beugte er sich nun wegen eines Wohnversprechens über Tolstois Fußlappen, dessen Hausschuhe und über dessen mönchischen Kapuzenschal. Um Maria Nikoworownas Amt zu ehren, gab er sich sogar den Anschein, die Dinge zu studieren.

Maria Nikoworowna war eine ansehnliche Frau im schwarzen Kleid mit applizierten dunkelgrünen Blumen, das zur Elegie des Hauses passte. Sie verfügte noch über die heikle Schönheit vor dem letzten Lebensdrittel, und als jüngste der Wächterinnen nannte sie auch für den Lohn eines ungläubigen Staunens ihr Alter nicht.

Trotz des dunklen Flures fand sie sich begünstigt, denn sie bewachte Tolstois Arbeitskabinett. Die Überraschtheit der Besucher, nach den Kammern für die Dienerschaft auf dieses Heiligtum zu treffen, erfüllte sie. Es war ein Eckzimmer mit vier Fenstern. Die Polstermöbel trugen Wachstuchüberzüge. Um den Schreibtisch lief, der damaligen Mode entsprechend, ein kleines Geländer aus gedrechselten Säulen, davor der Arbeitsstuhl auf abgesägten Beinen, wie präpariert für einen Zwerg. Tolstoi hatte ihn gekürzt, damit er dichter über seinen Manuskripten saß. Er ersparte ihm die Brille. Für Maria Nikoworowna war der Stuhl die Quintessenz des Hauses. Und so freute sie sich auf die Ehrfurcht, die Karpow überkommen würde.

Am Abend war die Zimmerübergabe. Als Karpow in den Flur der Wohnung trat, drang von der Treppe her ein Luftzug mit ihm ein, der auf zweifache Weise für Wirbel sorgte. Zuerst flogen Zeitungen auf, als Staubschutz vor den Mänteln aufgehängte Doppelseiten und einzelne, der Abdeckung von Eimern, Koffern und anderen Behältnissen dienende Blätter. Dann stürzte sich Maria Nikoworownas Mitbewohnerin in das Flattern und schrie, als habe ihr der Raubzug eines Fuchses die Hühner dezimiert.

Karpow hob die Zeitungsseiten auf und reichte sie der Alten. Diesen Herrscherinnen des beengten Wohnens war er ein geübter Untertan. Er kannte die tyrannischen Marotten, das Gerümpel, das aus ihren Türen wuchs, die Tüten in den Tüten, ihre Bindfadennester und die Parade ihrer Schraubdeckelgläser.

Sie heulten auf, wenn man in ihr Wuchern eingriff, oder schluchzten, dass man ihnen nicht mehr Lebensraum als einer Maus vergönne. Und immer siegten sie.

Hier galt es nun, Iwana Iwanowna zu ertragen. Sie hatte aufgehört zu schreien. Stattdessen lamentierte sie bei jedem Handgriff, mit dem sie ihre krause Ordnung wieder schuf. Sie führte Selbstgespräche mit deutlichen Verwünschungen. Der neue Mieter widerstrebte ihr. Er würde Platzansprüche geltend machen, angefangen bei den Garderobenhaken. Sie hatte tausend Sachen in dem ihm zugedachten Zimmer deponiert. Und er bedeutete das Ende dieser Deponie. So hatte Karpow, noch bevor es zur Begrüßung kam, Iwana Iwanowna schon zur Feindin.

Sonntags handelte Iwana Iwanowna mit Angler-Maden und Zierfischfutter auf dem Moskauer Vogelmarkt. Sie fuhr, ihre Ware in einer Kühltasche transportierend, mit der Straßenbahn zur Abelmanowskaja Sastawa, wo unweit der Haltestelle auch schon das seltsame Kassenhäuschen stand, kaum breiter als ein Soldatenspind. Bis auf den Schlitz für die Billetts war es ein geschlossener Container, aus dem die Stimme der Kassiererin nur noch als schwaches Überlebenszeichen drang.

Zwischen den fest installierten Buden führten Straßen durch das Marktgelände. Dazu gab es den wilden Rand der Sonntagshändler. Iwana Iwanowna hatte ihren Stammplatz neben einer pensionierten Hauptbuchhalterin der Staatsbank, die hinter einem Deckelkorb mit Hühnern saß. Sie hoffte zwar, sie zu verkaufen, doch jedes Mal, wenn eines Zuspruch fand, befiel sie Trennungsschmerz, als übergebe sie dem Pfandverleiher ihre letzte Brosche.

Vögel, sah man vom Nutzgeflügel ab, wurden auf dem Vogelmarkt nicht angeboten. In bordellhaft dekorierten Puppenstuben schliefen Rassekatzen. Den Kontrast zu ihnen stellte eine Greisin mit einer Kiste voller Findlingskatzen her, für deren Unterhalt sie bettelte. In der stillen Zeile mit dem Zubehör bediente man sich eines grünen Äffchens für den Kundenfang. Es turnte über Striegel, Bürsten, Mähnenkämme, schüttelte die Waschlotionen und das Parasitenpulver in den Büchsen. Laut und geschäftig war nur die Hundezeile.

Hier zitterten die Pitbulljungen mit den blutig frisch kupierten Ohren. Die Kleinsten offerierte man als heiße Ware. Die Händler trugen sie am Leib wie Drogenpäckchen, während in den Kojen ihre strammen Väter suggerierten, dass mit ihnen nicht zu spaßen sei. Die Mütter, ständig den Strapazen der Vermehrung ausgesetzt, hielt man wohlweislich fern.

Jedermanns Entzücken lösten die Kaukasierwelpen aus. Es waren schon Kolosse. Ihre frühe Wuchtigkeit verriet, dass sie stündlich wuchsen. Das Los der Riesen war ihnen vorbestimmt, die kurze Kette und der Maulkorb. Auch ihnen hatte man die Ohren abgeschnitten; der Wölfe wegen, beteuerten die Händler. Das erste Angriffsziel des Wolfes sei das Hundeohr. Man kutschierte sie in Kinderwagen, aus denen ihre Pranken hingen; die noch im Pelz versunkenen Gesichter ragten aus den Klappverdecken. Wer sich besonders hingerissen zeigte, durfte einen der enormen Wichte an sich drücken. Die Händler zwickten sie und versetzten ihnen kleine Püffe, damit sie knurrten und einen Reißzahn blinken ließen.

So gab es vielerlei Begegnungen mit Tieren auf dem Vogelmarkt, trotz drolliger Manöver jedoch mehr schlechte als erfreuliche. Und was die oftmals trübe Händlerschaft anging, so hätte man ihr lieber alte Autos anvertraut. Iwana Iwanowna trafen aber keine Vorbehalte. Ihre weißen, leicht pelzigen Angler-Maden von der Länge eines Fingergliedes und die Zuckmückenlarven, rostrote, fadendünne Millimeterwürmchen (lat. Tubifex), entbehren nichts.

Sie lagen in getrennten Haufen auf einem Campingtisch, wobei die Maden mehr Bewegungsfreude zeigten als die Larven, die eher dazu neigten, ruhende Verklumpungen zu bilden. Wenn sich jemand näherte, steckte Iwana Iwanowna einen Finger in den Klumpen, und er wimmelte sofort.

Ihrer Kundschaft, den Anglern und den Aquaristen, bot sie auf dem Gummihandschuh Proben an. Es war ein wortloser, fischgemäß stummer Vorgang, bei dem sie den Kenner erriet, gleichsam den Vorschmecker des Barsches und der Brasse. Danach musste sie die aufgestörten Haufen wieder arrondieren.

Sie stand mit ihrer Ware konkurrenzlos da, jedes händlerische Heischen blieb ihr erspart. Die Klientel trat mit eigenen Gefäßen an, ausgedienten Essgeschirren, Frühstücksdosen und Joghurtbechern, in die Iwana Iwanowna mit spitzer Hand die Maden portionierte. Die feuchten Larven nahm sie mit einer Kelle auf. Am Mittag war sie ausverkauft. Während andere dem Geschäftsglück noch entgegenhofften, wischte sie schon ihren Tisch und packte für die Fahrt nach Hause, wo die üblichen Konflikte sie erwarteten.

Seit Jahren gab es Tanz um dieses Zubrot, das sie sich verdiente. Die Larven der Zuckmücke erzeugte sie aus einem Pulver. Sie setzte es mit Salz und warmem Wasser an, ein simpler Schöpfungsakt in einem hohen Gurkenglas. Sobald sich Leben darin regte, verteilte sie die Masse in flache Plastikschalen, drückte Deckel auf und packte die Brut in den Kühlschrank, den sich die Mietparteien teilten.

Maria Nikoworowna war darüber längst zermürbt. Sie hatte keine Kraft mehr für Dispute. Das Gewürm der Alten widerte sie an. Auch die Alte selber, wie sie am Küchenfenster laborierte und im Bad den Brausekopf in ihre Tasche hielt, um diese auszuspülen. Unvergesslich blieb ihr jener Sommertag, als im Gurkenglas die Larven schlüpften und im Nu die Wohnung unter einem Mückenschleier lag.

Karpow füllte nur die Hälfte eines Kühlschrankfaches. Um Iwana Iwanowna nicht zu reizen, trat er, wo er konnte, Rechte an sie ab. Dank seiner Großmut hatte sie nun Lagerraum hinzugewonnen. Da er Moskau bald verlassen würde, lohnten die Maden keinen Krieg.

Lipa und Samy Gladkich haben es schnell zu Wohlstand gebracht. Sie waren von Moskau nach Berlin gezogen, wo sie gleich der russischen Im- und Exportklasse zugehörten. Vielleicht sind sie noch etwas grob geprägt von ihrem jungen Reichtum, und das abträgliche Wort vom Russengeschmack, das in der Geschäftswelt des Kurfürstendamms und seiner Seitenstraßen aufgekommen ist, verdankt sich auch ihnen. Sie haben eine gute Stadtadresse in einer der zentral gelegenen Wohnstraßen des Westens. Hier sieht man Lipa mit ausschwingendem Nerz und hervorspringend rot geschminkten Lippen aus einem der Portale treten. Und übte man sich in Geduld, könnte man sie Stunden später mit den Lacktüten der ersten Modehäuser dort wieder verschwinden sehen.

Lipa trägt am Vormittag schon eine Menge Schmuck, und Samy liebt den häuslichen Auftritt im weit geöffneten Rehlederhemd, auf nackter Brust den handtellergroßen Davidstern. Eine funkelnde Geräumigkeit umgibt sie. An den Wänden hängen Bilderrahmen aus Murano-Mosaiken, auf weißen Teppichen von Schwänen getragene gläserne Tische, und alles wiederholt sich in den Türen der Spiegelschränke.

Nun planen Lipa und Samy Gladkich ein Fest im Schlosssaal eines Grandhotels. Die Bat-Mizwa ihrer Tochter Zelda steht ins Haus, der große Tag der jüdischen Mädchen, die das zwölfte Lebensjahr vollendet haben. Die Gestaltung macht eine Frau vom Film. Sie hat Fotos mitgebracht von anderen, im selben Saal gefeierten Bat-Mizwa-Festen und bietet dazu Varianten an. Meistens sind es aber Steigerungen, die Gladkichs Prachtversessenheit entgegenkommen. Der Stern für die Decke, der unter blühenden Girlanden verschwinden wird, soll größer als vorangegangene Sterne sein. Man einigt sich auf eine Schenkellänge von jeweils vierzehn Metern.

Alles soll schimmern in der Mädchenfarbe Rosa, die zehnstöckige Torte, der fünf Meter in die Höhe und acht Meter in die Tiefe des Saales reichende Wandprospekt mit einem glitzernden Herz in der Mitte, in dem der Name Zelda geschrieben steht. Rosa das Wasser in den Tischvasen und der Glimmer auf ihrem Grund, die umrüschten Podeste und die herabfallenden Bänderkaskaden.

Das Büfett soll eine Wasserskulptur dominieren, ein gefrorener Engel, der aus einer Muschel wächst. Samy Gladkich möchte, dass der Engel seine Flügel ausgebreitet hält, während Lipa angelegte Flügel schöner findet. Die Filmfrau pflichtet Lipa bei. Mit einem körpernahen Flügelpaar käme die Skulptur zudem auch billiger, ein Hinweis, der die Gladkichs bei der Ehre fasst. Denn nun will Lipa ebenfalls den Engel voll entfaltet.

So wartete das Fest mit allem auf, was machbar und beschaffbar war. Im Glauben, dass es prunkvoll sei, hatten Gladkichs auf dem teuersten Geschirr bestanden. Es wurde angeliefert von einem Leihdepot für Grandhotels und Staatsbankette. Nun waren die Tische eingedeckt mit einem seiner Schlichtheit wegen berühmten weißen Porzellan, und Lipa weinte. Sie rief nach Ada, der Armenierin. Ada Akajian bestritt ihr Leben in Berlin durch Schönheitsdienste an den reichen Russen.

Sie machte Hausbesuche. Die Frauen schätzten sie für mancherlei kosmetische Finessen. Unübertroffen war ihr Augensud. Sie zupfte und klopfte Müdigkeit aus den Gesichtern, manikürte und pedikürte, verstand sich auf Klistiere und Friktionen. Jeder Handgriff verriet eine überlieferte orientalische Fertigkeit. Sie schuf ein träges Behagen, wie Haremsbilder es vermitteln, auf denen eine Mohrin der Lieblingsfrau die Glieder ölt, ein Zustand, im Grunde schöner als der zu erwartende Abend, für den man sich hatte erneuern lassen.

Nachdem Lipa angekleidet war, schlug der Friseur ihr Haar zu einer hohen Schnecke ein, in die er rosa Rosen steckte. Dann legte Ada letzte Hand an Lipa. Mit ein paar Pinselschwüngen hatte sie das Rouge mit Goldstaub überzogen. Sie puderte das Dekolleté, hantierte mit Lacken und Firnis, versiegelte, was immer möglich war: die schattierten Lider und den geschminkten Mund, denn mit allen Gästen würde Lipa zur Begrüßung Küsse tauschen. Dreihundert waren eingeladen.

Lipas Mutter und die Schwiegereltern kamen angereist aus Moskau, viel Verwandtschaft aus New York, Paris und London, einige Ipontis aus der weitverzweigten Sippe Lipas kamen von der Côte d'Azur, ein ganzer Schwung von Samy Gladkichs Leuten aus Haifa und Jerusalem und jede Menge Freunde, die es auch aus Russland in die Welt hinausgetrieben hatte. Dazu die russisch-jüdische Geschäftswelt aus Berlin, die Im- und Exporteure, die Vorstände der jüdischen Gemeinde, und alle mit Familie.

Auch während des Festes musste Lipa Ada in der Nähe wissen. Sie sollte über ihre Schönheit wachen, mit einem Auge auch nach Zelda sehen, die in ihrem glatten Schopf einmontierte Schillerlocken und einen Tuff aus rosa Schleierkraut im Scheitel trug. Ada Akajian hatte das Köfferchen dabei mit ihren Utensilien, dazu einen Vorrat halberblühter Rosen für Lipas Hochfrisur.

Zeldas rosa Reich begann schon auf der Treppe, die zum Foyer des Schlosssaals führte: das Geländer ein Spalier aus rosa Herzen, die Nischen der Wandlüster mit rosa Herzen zugehängte Grotten. Sie zitterten und schwirrten an unsichtbaren Fäden. Die Potpourris des Pianisten klangen rosa. Rosa stand die Samtschatulle für die Geldgeschenke auf dem Gabentisch. Zeldas Reifrock, ihre Halbhandschuhe und die kleinen Fingernägel waren rosa.

Zelda hätte man in dieser Feensphäre eine zartere Gestalt gewünscht. Nun war sie aber eine stämmige Prinzessin, an der das Rosa unerbittlich wirkte. Lipa hingegen sah fantastisch aus. Das Kleid schien auf die Haut gegossen, als sei sie einem rosa Tauchbad nackt entstiegen, und in ihrem porenlos mattierten Dekolleté lag das Feuer eines Achtkaräters.

Die Juweliere feierten Triumphe. Das Handwerk der Coiffeure hatte jede Kühnheit ausgelebt. Edelsteine vom Kaliber eines Zuckerwürfels und Haaraufbauten mit steilen, strassbesetzten Segeln überboten sich. Sechzehn Athleten waren mit der Sicherheit betraut. Sie trugen einen Knopf im Ohr an einem dünnen Kabel, das in ihren Smoking führte. Im Smoking auch die kleinsten Knaben, drei Männer nur mit Käppchen, den Rabbi mitgerechnet.

Der Empfang verlief nach einem festen Ritual. In der Reihenfolge ihrer Ankunft, gleich nach der Begrüßung, der Übergabe und Entgegennahme des

Geschenkes und seiner Würdigung, begaben sich die Gäste mit Familie Gladkich in die Fotoecke, wo sich der Fotograf darum bemühte, die attraktive Lipa möglichst unverdeckt im Bild zu haben. Sie ergötzte ihn, doch musste er die Mitte Zelda zugestehen, um deren Reifrock er die Gruppen komponierte. Er gehörte der Gemeinde an, und solche Feste waren seine Pfründe.

Die übrige Gesellschaft trank derweil Champagner.

Von Glas zu Glas nahm ihre Sprachenvielfalt ab und das Russische nahm zu. Die Kellner reichten Canapés, deliziös beladene, aus Teig geformte kleinste Schiffchen, die wie Bonbons im Mund verschwanden. Mit den letzten Fotos ging dann der Empfang zu Ende. Zur Erinnerung würde Lipa jedem Gast ein Bild in einem rosa kartonierten Mäppchen schicken. Sie hatte nun weit über eine Stunde im Schein der Fotolampen zugebracht, und Ada hatte sie kosmetisch zweimal aufgefrischt. Der Pianist versuchte, seinem Potpourri noch eine Schlussvignette anzufügen, da dröhnte aus dem Schlosssaal schon die Band aus Tel Aviv.

Der Deckenstern erbebte unter den Verstärkern. Seiner Übergröße wegen hatte man die Zacken wie die Zipfel einer Narrenkappe in eine weiche Abwärtsneigung bringen müssen. So war ein Baldachin aus ihm geworden.

Die Gäste strömten ihren Tischen zu. Es waren Zehnertische, jeder benannt nach einer biblischen Persönlichkeit, zu der es eine Legende in Goldschrift gab. Die alten Gladkichs suchten nach Tisch »Abraham«, Samy und Lipa standen bei Tisch »Salomon« und warteten, bis alle saßen. Lalja, das Kindermädchen aus Odessa, dirigierte seine Schutzbefohlenen zu Tisch »David«. Ada Akajian war »Berenice« zugeteilt, dem Tisch der Musiker, an dem sie zwar die meiste Zeit verwaist sein würde, doch umso ungestörter konnte sie ihr Augenmerk auf Lipa richten.

Die Kerzen in den Kandelabern brannten und überglänzten die Horsd'oeuvres, die gefillte Fisch, die fingerlangen Spindeln aus haschiertem Hecht- und Karpfenfleisch, farcierte Datteln, Wachteleier, Blinis und Piroggen, den grauen Kaviar wie sonstwo Brot in generösen Mengen, gehackte Zwiebeln und die gebündelten mit Lauch, dann das Sauer- und das Salzgemüse *à la russe* zur besseren Bekömmlichkeit des Wodkas. In den Kübeln, auf hohem Fuß den Tischen beigestellt, steckten zwei geeiste Literflaschen, das Quantum für die erste Stunde.

Das Placement war Lipas Werk gewesen. Sie hatte Empfindlichkeiten bedenken müssen, alte Zerwürfnisse, Animositäten und Rivalitäten. Nächtelang hatte sie gedanklich Gäste hin und her gesetzt. Kaum hatte sie dem Vetter ihrer Mutter, dem Herzensbrecher Luc Iponti, zur Rechten die kesse Schenja Lukitsch zugesellt, sah sie im Geiste schon zu seiner Linken die missvergnügte Frida Gankin. Zwischen den Marewins aus Jerusalem und den Marewins aus Paris sollten mindestens drei Tische liegen. Hier war ein Familienband zerschnitten, und die Vorgeschichte dazu spielte noch im Moskau der Sowjetzeit, wo sie gemeinsam sich für Israel entschieden hatten. Sie waren auch gemeinsam eingetroffen dort. Dann war Lew Marewin, der Bruder Ossips, ohne seinen Koffer ausgepackt zu haben, weiter nach Paris gereist.

Luc Iponti, Lipas alter Onkel, der schon in seiner Jugend mit der Forschheit eines Tangotänzers ausgeschritten war, schien nun vom Müßiggang in Nizza noch gestraffter. Wie ein Lorgnon die Brille haltend, was ihre zeitweilige Entbehrlichkeit betonte, spähte er nach seinem Namen an Tisch »Aharon«. Als er sich seiner Nachbarschaft vergewissert hatte, winkte er bedauernd zu Tisch »Mordechai« hinüber, an dem Schenja Lukitsch im Begriff war, Platz zu nehmen.

Zu Lipas Glück offenbarte aber nur der Onkel seine Unzufriedenheit. Trotzdem blieb sie angespannt. Das Licht der Kerzen war von Natur aus trügerisch; es stimmte die Gesichter weich und erwartungsfroh. So misstraute sie der Harmonie, die sich nur diesem Licht verdanken könnte. Dann brauste von der Bühne her, vergleichbar einer Woge, die alles unter sich begräbt, der Goldfinger-Song und begrub auch ihre Nöte.

Zwei Sängerinnen stießen mit verruchtem Timbre das Lied aus sich heraus, dazu summten vier Backgroundsängerinnen und bogen sich zur Melodie. Die grüngoldenen und bronzefarbenen Bustiers umschlossen knapp die Oberkörper, und aus den engen hochgeschlitzten Röcken sah ein Bein hervor, das fordernd wippte.

Der erste Trinkspruch kam von Fedor Gladkich, Zeldas Großvater aus Moskau, den inmitten der kosmopolitischen Gäste das Fest wohl am meisten erregte. Bärtig und zierlich stand er da, dankte für das Glück, das seinen Nachkommen beschieden sei, und für die Fügung, noch Zeuge dieses Glücks zu sein. Unzählige Trinksprüche folgten. An jedem Tisch erhob sich jemand, um den Augenblick zu preisen.

Einige riefen sich die Zeit zurück, als Beschränkungen den Alltag noch diktierten, und ließen erst danach die schöne Gegenwart hochleben. Man sang das Lob der Frauen, dann das der Männer, die verloren wären ohne sie. Verstorbene wurden herbeigewünscht, abwesende Kranke. Ausholendes Deklamieren überschnitt sich mit dem Genius des Stegreifs. Während sich Tisch »Moscheh« in Geduld zu üben hatte, brach man an Tisch »Baruch« in Gelächter aus. Der Wodka wirkte. Auch den Stillsten löste er die Zunge, und ein Spruch entzündete den nächsten, sodass die Literflaschen bald kopfüber in den Kübeln steckten.

Nach den Horsd'œuvres tanzte man. Der Überschwang von Klarinetten nahm den Überschwang des ersten kleinen Rausches auf. Die Sängerinnen klatschten in die vorgestreckten Hände und packten ihre ganze Stimmgewalt in jähe Jubelschreie. Über den Köpfen thronte Lipa auf einem schwankenden Stuhl. Vier kräftige Männer aus der Verwandtschaft hatten sie in die Höhe gestemmt und trugen sie durch das Gewoge. Obwohl sie gute Miene machte, schien sie nur halb amüsiert, denn für diesen alten Brauch war ihr Kleid zu kurz. So hatte sie Mühe, geziemend zu sitzen. Dazu kämpfte sie mit den Paillettenschuhen, die ihr von den Fersen geglitten waren. Es herrschte eine volksfesthafte Ausgelassenheit, als sei die Nacht schon fortgeschritten. Zelda hatte sich versöhnt mit ihrem Reifrock und setzte ihn burlesk in Szene. Und Ada Akajian hielt sich dienstbereit schon draußen bei den Schminkkonsolen auf.

Die Erwartung des Soupers verkürzte Abi Schnitkin, ein dicker Junge in Zeldas Alter etwa, der zum Geschenk er einen Bühnenauftritt wagte. Wie er im Smoking dastand, hätte auch das Herrenattribut »beleibt« auf ihn gepasst. Zu kleinen weichen, seitwärts hingesetzten Entertainerschrittchen gab er Sinatra-Songs zum besten, zuerst »My Way« und dann »New York«, beides Monumente, mit denen er zu stürzen drohte. Also bangte man um ihn und schickte, um sein Wagnis abzukürzen, verfrühte Bravorufe zu ihm hoch.

Ein Lichtkegel fiel auf einen hohen roten Berg aus Hummern, die Apokalypse eines Poissonniers. Dicht an dicht im Huckepack, als wollten sie einander retten, strebten all die komplizierten Körper mit ihren Scheren, korsettierten Rümpfen und Fächerschwänzen gipfelwärts. Der alte Gladkich bedeckte dankend seinen Teller mit der Hand. Ihn schüchterten die Hummer ein; er kannte sie bisher nur von Gemälden. Der Rabbi und außer ihm noch ein paar Fromme versagten sich den Hummer, weil nach jüdischen Gesetzen ein Wassertier, das weder Flossen noch mindestens drei Schuppen hat, nicht koscher ist.

Die übrige Gesellschaft schenkte sich die religiösen Vorbehalte. Mehr oder weniger geläufig hantierte sie mit den Spezialbestecken. Der lebemännische Iponti gab, da er in Nizza lebte, seinen Wissensvorsprung über Meeresfrüchte an die Tischgenossen weiter. Er stieß die lange Hummergabel durch die feinsten Röhren und förderte noch Fleisch zutage. Sein ganzes Trachten galt dem Schwerzugänglichen, den versteckten Happen, die er gewürdigt sehen wollte. Ada Akajian hingegen, die alleine über ihrem Hummer saß, versuchte gar nicht erst, ihm richtig beizukommen. Sie hatte nur den Schwanz für sich herausgelöst, als sie die Fingerschale schon benutzte.

Vierzehn Kellner in Phalanx lüfteten auf einen Schlag die Deckel von den Chavings. Das vielstimmige Bouquet von Fluss- und Meeresfischen, von

Saiblingen, Zandern, Rotbarben und Goldbrassen in Kräuternagen oder Lauchstroh stieg zusammen mit den Düften des gebratenen Geflügels auf. Die Wachteln saßen im Schneidersitz in einem Trüffeljus, die Stubenküken auf Gemüsenudeln, und um die Entenbrüste lag ein leichter Cognacmantel.

An Tisch »David« mäkelten die Kinder. Sie wollten Ketchup nur aus den gewohnten Flaschen und nicht mit Silberkellen aus Saucieren schöpfen. Ihre Schnitzel waren tiergestaltig. Den etwas Älteren schien ein gewisser Schliff aus Internaten mitgegeben. Steif und gelehrig, als fürchteten sie Minuspunkte, führten sie die frisch erworbenen Manieren pantomimisch übertrieben vor. Und während sie, den Fisch sezierend, wie Prüflinge vor einem Werkstück saßen, gaben sich die Väter völlig ungequält von jeder Etikette. Sie fassten nach den Gräten, ohne dass sie ihren Mund abschirmten.

Als die Tische abgetragen waren, gab es einen Film. Er hieß *Zelda in Zuoz*. An den Buchstaben hingen gemalte Eiszapfen von ungleicher Länge. Eine Totale, für die man sich einer Postkarte bedient hatte, zeigte ein Dorf im Oberengadin mit alten Bauern- und Patrizierhäusern. Dann rückten die orangeroten, festungsartigen Gebäude des Lyceums Alpinum heran, die im Schnee wie Feuerblöcke glühten. Und schon suchte die Kamera mit torkelnden Auf- und Abwärtsschwüngen nach Zelda.

Sie stand in der Einfahrt zur Rektorenvilla zwischen zwei Steinbocksculpturen. Die gewaltigen quergerippten Hörner bogen sich in einem Viertelkreis bis zu den Flanken. Ihr Gewicht zwang den Köpfen eine gebieterische Haltung auf. Zelda kletterte auf die Podeste, kraulte die Kinnbärte der Böcke und lachte wie aus einem Fenster unter den Geweihen hervor. Ausschnittweise sah man auch die Bergwelt durch das Horngewölbe.

Es folgten Gruppenszenen, Zelda mit Mädchen aus dem Internat, blonde und rote, dunkelhaarige mit ernsten Nasen, eine wollköpfige Schwarze. Sie trugen Steppanzüge in sphärischen Kältefarben, Zelda eine blassblaue Daunenmontur, in der sie wie in einer Wolke steckte. Sie hielten einander bei den Händen und kamen angerannt, als stürmten sie aus einem Bühnenhintergrund hin zum Applaus.

Ein musealer Pferdeschlitten, einspännig, mit feinen Kufen und hoher Deichsel, fuhr ins Bild. Zelda hielt die Zügel. Sie teilte sich die schmale Bank mit Lipa, die einen Weißfuchsmantel raffte. Aus dem Kragen blitzten ihre tierhaft tadellosen Zähne, ein Lachen, das den Kürschnertod der Füchse abzusegnen schien.

Sie machten einen Ausflug nach Sankt Moritz, um auf die Lebewelt zu treffen. Vorbote dieser Welt, mit grüner Pelerine und Zylinder, war der Doorman des *Palace Hotel*. Er stieß die Drehtür an und gab der

Kamera den Weg frei ins Foyer, wo Lipa und Zelda dann die Überraschten spielten.

Schließlich Großaufnahme von den Eltern, beide hinter Sonnenbrillen, Gladkich mit Zobelmütze, die Ohrenklappen waagerecht, Lipa von einer opulenten Nerzkapuze weich umrandet. Man saß beim Winterpolo. Die Familie hatte Plätze in der ersten Reihe, direkt am Saum des eisbedeckten Sees. Hufe dröhnten, die Pferde jagten dicht vorbei, und Zelda, die kaum an die Bande reichte, winkte, als ertrinke sie.

Es wurde hell für drei, vier Tänze, dann wieder dunkel für die Inszenierung der Geburtstagstorte, eines enormen Konditorenbauwerks mit zehn sich verjüngenden Etagen und einem von der Stadtansicht Jerusalems gekrönten Dach. Jerusalem zu Füßen, auf umlaufenden Terrassen, symbolisierten Zuckergussfiguren Glück und Reichtum. Man sah ein Brautpaar, ein Mercedes-Cabrio, eine Villa und einen Kinderwagen sowie die verschlungenen Insignien von Coco Chanel. Die Torte drehte sich ein paarmal. Dann stellte Zelda sich auf eine Fußbank, um sie anzuschneiden, wobei ein Patissier das Messer führte.

Ada Akajian bot Lipa Gladkich ihre Dienste an, indem sie mit einer kleinen Fragehaltung ihres Kopfes zu ihr hinübersah. Doch meistens winkte Lipa ab. Je weiter vorgerückt der Abend, umso selbstvergessener und schöner wurde sie. Das Tanzen hatte inzwischen an Tempo gewonnen, und die Luft im Schlosssaal war gesättigt von Kerzenbrand, den Bouquets der Cognacs und Schnäpse, den reichlich zerstäubten Parfums und Tausenden Rosen, die, noch immer knospig durch künstlichen Tau, um das Holzgerüst des Deckensterns gewunden waren.

Ada Akajian war in ihren Berliner Jahren so manchen Spielarten des Reichtums begegnet, allen voran der russischen, die alles vorzeigte. Doch was in den Häusern und Wohnungen, den Garagen, Kleider- und Schuhschränken jenes Personenkreises steckte, für den sie heilberuflich und kosmetisch tätig war, lag zu weit hinter dem Horizont ihrer eigenen Begehrlichkeiten, als dass es ihren Neid erregte. Im Grunde waren es einfache Leute, die sich in ihre Hände begaben und unter den wohltuenden Griffen in Redseligkeit oder Schlaf verfielen. Lipa zum Beispiel redete.

Sie breitete ihre Wünsche aus, die oft schon erfüllt waren, wenn Ada eine Woche später wiederkam. Dann wollte sie den Beifall Adas für ein golddurchwirktes Handy-Täschchen von Chanel, ein Requisit des Überflusses, das zur Verspottung seiner Trägerin erfunden schien, wobei der Spott weniger das Täschchen meinte als die Bereitschaft, 1320 Mark dafür zu zahlen. Manchmal war Lipa auch ermüdet von den erfüllten Wünschen und überließ sich einer mäkelnden Verdrossenheit, bis diesem Zustand, wieder eine

Woche später, der Wunsch entwuchs nach einem durch Verzicht gesteigerten Leben.

Nun wollte Lipa nur noch vegetarisch essen und flog nach Indien, um sich darin einzuüben. Wieder in Berlin, hatte sie zwei Kleidergrößen abgenommen. Und bald saß sie an der Seite Samys in den Daunensofas der Boutiquen, wo das Schneiderauge einer Chefin sie taxierte.

In Frauen wie Lipa sah die Branche eine abhanden geglaubte Weiblichkeit zurückgekehrt. Details aus der Sphäre der Umkleidekabinen waren in Umlauf, Verlautbarungen des Personals über die Marmorglätte der Haut, über die Üppigkeit und das Auftrumpfen damit in luxuriöser Wäsche, die anstiftende Art und Weise, die Brust wie Naschwerk in ein Dekolleté zu betten. Das von Natur aus Schöngeratene befinde sich zudem in einem Zustand erfreulichster Gepflegtheit, um nicht zu sagen höchster Wartung. Überhaupt jedes Tun, das zeremonielle Parfümieren der Armbeugen und Schläfen, das Einfahren des Flakonstöpsels in die Busenschlucht, das Abstreifen eines Kleidungsstückes, sein Überziehen und das Hineinschlüpfen arte zu einer sinnlichen Verrichtung aus.

Korkenknall im Hintergrund, dann näherte sich das Klingeln von Champagnergläsern. Die allem Personal vorangestellte tüchtigste Kraft spielte schnell die ersten Modelle ein. Sie hielt sich die Sachen erst einmal selber vor, dabei ermunternd zu Lipa und konspirativ zu ihrem Finanzier hinlächelnd. Dieser verriet gleichzeitig Ungeduld und Kaufbereitschaft, eine günstige, doch leicht zu verscherzende Befindlichkeit, die wie bei chirurgischem Assistieren konzentriert bedient werden musste.

Auf eine Kopfbewegung der Chefin hin wurde die Ladentür abgeschlossen. Jetzt wünschte sie keine weitere Kundschaft, bedächtige, mit Zeit gesegnete Leute womöglich, die eine volle Stunde über der Anschaffung eines Gürtels zubringen, sich mit jedem Teil ans Tageslicht bemühen und Strümpfe über den gekrümmten Handrücken spannen. Eine Kleiderstange mit den ausgewählten Stücken wurde herangefahren. Vorherrschend in dem stillen Geschehen waren die Metallgeräusche der hart darüber gehängten Bügel und das Auf und Zu der Reißverschlüsse hinter dem Kabinenvorhang. Die Hausschneiderin steckte die Säume ab, wobei sie, ohne sich aus der Hocke zu erheben, die Russin umrundete. Sie reagierte nervös auf Samy Gladkichs zeitknappes Gebaren und zeigte ein leichtes Fingerbeben, wenn sie nach der Nadel zwischen den gepressten Lippen griff.

In äußerster Angespanntheit, als folge sie im Fernglas ihrem ins Ziel galoppierenden Pferd, beobachtete die Chefin Gladkichs Beifall für die Kleider, seine kurzen Handbewegungen nach rechts oder links. Nach rechts abwinkend gab er sein Missfallen kund. Doch überwog der Beifall. Die rangärmste Angestellte musste die Tüten vorbereiten durch ein brüskes, einen Knall erzeugendes Ausschlagen, damit sich der Faltboden öffnete. Gladkich zahlte bar aus einem Aktenkoffer, in dem die Scheine passgerecht wie Lösegeld gestapelt lagen. Der erschöpften Schneiderin, die ihr Stecknadelkissen vom Arm abstreifte, gab er einen Schein aus seiner Jackentasche.

Das Fest gipfelte in einem Überraschungsbüfett um Mitternacht, das vier Kellner mit Fackeln flankierten. Mit gedrosselten Schritten, als begleiteten sie eine Friedhofslafette, schoben sie einen langen rollenden Tisch, von dem Feuerfontänen hochschossen, die als Goldregen wieder herabfielen. Dazu stiegen über der gesamten Fläche des Tisches die Dampfschwaden von Trockeneis auf. Man spürte einen Kältehauch und hörte das Knistern und Knacken vieler kleiner Explosionen. Und nach dem letzten Ansturm der Feuer und Dämpfe lag schließlich der Blick auf die Süßspeisen frei, aus deren Mitte der gefrorene Engel ragte.

Ada Akajian hatte das Fest über nicht getanzt. Einmal war sie in eine Polonaise hineingeraten, doch das zählte nicht. Sie hatte in der Befürchtung, von Lipa und Zelda gerade dann gebraucht zu werden, alle Tänze ausgeschlagen. Sie war eher klein, vielleicht Mitte vierzig und von jener in südlichen

Ländern häufigen Schönheit, die sich der schwarzen Haarfülle und großen dunklen Augen verdankt. Ein braungoldenes Brokatkleid, in dem sie festlicher und zugleich ärmer wirkte als die übrige Gesellschaft, betonte ihre stramme Rundlichkeit. Sie war als Tochter eines armenischen Erdölarbeiters in Baku, der Hauptstadt Aserbaidschans, aufgewachsen. Wie vormals ihre Mutter hatte auch sie einen armenischen Erdölarbeiter geheiratet. Und wie später in Berlin machte Ada auch in Baku Hausbesuche mit ihrem weitgefassten Angebot der Schönheitspflege.

Der Beruf schien ihr vorbestimmt. Die Großmutter hatte ihn schon ausgeübt. Im Radius ihres kleinen Dorfes war sie mit Feilen, Scheren und Pinzetten unterwegs gewesen, wobei das ungenaue Wissen über manche ihrer Tätigkeiten die Fantasie der Dörfler angetrieben hatte. Sie war sogar den Moslems aus der Gegend dienstbar, die im Sinne des Propheten ihren Frauen eine gänzlich schattenfreie Nacktheit abverlangten. Sie entfernte deren Körperhaare. Dazu trug sie eine steife Zuckerlösung auf, wartete, bis sie erstarrte, und begann zu zupfen. Den Bräuten, die zum ersten Mal die Prozedur erlitten, riet sie, in ein Taschentuch zu beißen.

Die Mutter legte Dauerwellen in der Küche. Im Terminbuch stand der ganze Wohnblock. Bei der Rückwärtswäsche lag der Kopf auf einem Blech, von dem das Wasser wildbachartig in den Spülstein stürzte. Schaumgebirge türmten sich. Die rigorose Süße der Shampoos und der versprühten Lacke traf auf die Mittagsdüfte. Zwei Trockenhauben lärmten, während man zu Tisch saß. Ihre scheppernden Gebläse zerhackten jeden Satz, sodass sich Unterhaltungen auf Zurufe verkürzten. Die Wärme rötete die Gesichter, und mit leicht töricht entrücktem Lächeln setzte die Müdigkeit ein. Dann kam der Schlaf. Ada sah ihn sich anschleichen. Er zog an den Lidern, ließ den Kopf wie bei einer Lumpenpuppe haltlos wackeln, bis er, aus dem Luftstrom heraus, ruckartig nach vorne fiel.

Gegen ein Uhr morgens gab es Kakao aus napoleonischen Deckeltassen. Um ihre Kostbarkeit herauszustellen, verstummte die Musik bis auf die Schlagzeugbesen, unter deren drohendem Rotieren die Kellner die Gedecke brachten. Das Service gehörte einem Münchner Sammler. Die Tassen hatten zwei Henkel und waren umlaufend bemalt mit französischen Soldaten vor ägyptischen Altertümern, mit lagernden Frauen, gebogenen Palmen und Minaretten, mit Kamelen, Packeseln und anderen Orientmotiven, die auf das Hauptmotiv, den Imperator, trafen.

Ihrem Zofenamt verpflichtet, hatte Ada Akajian nur die ersten rituellen Gläser gleich zu Anfang mitgetrunken. Nun wurden ihr die Stunden lang. Die Eindrücke stumpften ab. Die sich jagenden Spektakel der Tischfeuerwerke aus Portugal und Frankreich versetzten sie in einen heißen Sommertag in Baku. Sie hatte ein Blutbad überlebt. Der Krieg um Bergkarabach war aus dem innersten Aserbaidschan am Kaspischen Meer angelangt. Die Front reichte bis auf die Strandpromenade. Dann sprang sie in Adas Wohnblock über, in die Küche hinein, wo die Mutter das Friseurgeschäft betrieb. Glücklich, wer dort saß und nicht armenisch war.

Die Mörder fielen zur Mittagsstunde ein. Adas Mann starb gleich durch eine Kugel. Er erlitt den besten Tod. Einer mit Axt erschlug die Mutter, den Vater traf es in die Beine. Er war als Rumpfmensch wieder aufgewacht, den man zu seinesgleichen in ein Heim bei Moskau überführte. Dort starb auch er.

Die Tischordnung war längst aufgehoben, und neue Gruppen hatten sich gebildet. Die Ruhelosen wechselten, um die Sinne zu erfrischen, von Gelächter zu Gelächter und trugen notfalls ihren Stuhl quer durch den Saal. Ältere Respektspersonen gewährten Audienzen. Und für Lipas alten Onkel, Luc Iponti, bot sich jede Art Musik zum Engtanz an. Er schob Schenja Lukitsch vor sich her, den Führarm starr wie eine Deichsel, oder kippte sie nach hinten wie ein Saxophon und bog sich über sie.

Ada sah dem Gewoge zu, dem Übermut sich umhüpfender Paare und ihrem erhitzten Kapitulieren.

Zu Hause wartete Rainer Kusack auf sie, ein Maurer, den sie der Einbürgerung wegen mit kaltem Herzen geheiratet hatte. Auch er hatte keine Gefühle investiert. Keinem von beiden, so werden sie sich gesagt haben, würde viel entgehen, wenn man sich zusammentäte. Er war ein unfroher Mann, der bei allen Versuchen auf dem Gebiet der Liebe bisher gescheitert war. Hinter ihm lag ein langes Junggesellenleben in der Fürsorge seiner Mutter. Als sie gestorben war, hatte er die Armenierin zu sich ins Haus geholt. Die frisch verwitwete Flüchtlingsfrau schien ihm der beste Ersatz. Und nichts kam ihm mehr gelegen, als dass ihr ganzes Begehren dem Bleiberecht galt.

Eine klingende Eisbombe beschloss um drei Uhr am Morgen das Menü. Ihr folgte der Abschied der Kinder. Sie bildeten eine Gasse für zwei bronzierte Athleten, die mit Handbandagen eine Sänfte trugen, aus der sich Zelda neigte und »do swidanja« rief.

Karpow konnte auf die Freigebigkeit der Frauen setzen. Er gefiel ihnen. Sie stellten den generösen Teil seines Publikums. Der Lebensernst, mit dem er weiche Melodien spielte, sprach sie an, die männlichen Züge und das abgekehrte Lächeln darin, wenn eine Münze niederging. Für dieses Lächeln wiederholten manche ihre Alltagswege.

Dem Vorzug, ihnen zu gefallen, entwuchsen jedoch auch Peinlichlichkeiten. Sie nahmen ihren

Ausgang bei dem Schild zu seinen Füßen, das seiner Wohnungssuche galt. Und mit Wohnraum gesegnet waren naturgemäß die Witwen, durch Tod oder Scheidung dem Alleinsein wie der Freiheit überlassen. Unter ihnen hatte Karpow seine Wirtinnen gefunden, in der Regel umstandslose, couragierte Frauen, was schon ihr Entschluss verriet, einen Fremden aufzunehmen.

Auch wenn die Jüngsten nur unbedeutend älter waren als er selber, war es für Karpow eine Altersklasse, in der man Frauen gerade dafür, dass man sie nicht begehrt, mit doppeltem Respekt begegnet. So nahm er, sich im Glauben wiegend an ihr weites, mütterliches Herz, ihre Wohnofferten an, um sich am Abend mit Sack und Pack und einem kleinen Freesienstrauß bei ihnen einzufinden.

Karpow überreichte die Blumen mit einem Schwall von Dankesformeln. Den meisten Platz in seinem schmalen Deutsch nahm das Danken ein. Er hatte dafür einen wilden, wie wahllos auf ein Blech gekehrten Wortschatz angehäuft, der die geringste Geste wie die größte Güte ohne Unterscheidung feierte. Und jetzt dankte er für die noch ausstehende Wohltat eines Bettes.

Manchmal gab sich eine Wirtin dem Wunschgebilde hin, den Blumen hafte eine Note von Umwerbung an, der sie sich erwehren müsse, wobei der Unmut immer schwächer ausfiel, als es die Entzücktheit tat. Dann lief die Ankunft Karpows auf eine längere Gemütlichkeit hinaus. Er sank in die schilfgrüne Masse eines Sessels. Über der Lehne des zweiten Sessels, des Stammplatzes der Wirtin, hing auf den Tag geblättert die Programmzeitschrift. Im Ersten lief *Das Schlosshotel*, in dem eine reife Frau logiert, die dem verwitweten Direktor wieder Mut macht für die Liebe. Große Natur, ein See vor einer Bergkulisse.

Die Wirtin nahm aus der Vitrine ihrer Schrankwand eine Vase und verschwand, um Karpows Freesien zu versorgen. Sie lobte seinen Blumengeschmack, der genau den ihren treffe. Alles, was sich ihren Augen darbot, fand ihr Wohlgefallen, der zurückgelehnt sitzende Russe, der sich aufrichtete, wenn sie eintrat, der Akkordeonkoffer, der gleichsam das Behältnis seiner Seele war, die Tasche, die sein Bleiben verhieß.

Das Wohnzimmer lag im Licht einer Stehlampe mit rauchgelbem Schirm, eine unberührte Kissenvielfalt auf dem Sofa, davor der Couchtisch mit Nussschale und Wabenkerze, die noch nicht brannte. Dafür brennen die Kerzen im Speisesaal des Schlosshotels, wo der Abend nun ebenfalls begangen wird. Die Paare streben ihren Tischen zu, lesen die Menüs und teilen einander ihre Gelüste mit, die Damen in verwöhnter Unentschlossenheit, die Herren in verliebter Geduld ihre Langmut demonstrierend. Eine Frau an einem Einzeltisch schmerzt dieses Glück, so dass sie nach dem ersten Bissen schon das Besteck ablegt.

Karpow hörte aus der Küche den gedämpften Schlag der Kühlschranktür, der seinen Hunger weckte, ein Geräusch der Vorfreude auf ein Wurstbrot, ein Geräusch auch für die Unabwendbarkeit von stimmungsfördernden Getränken. Unterdessen verlässt die Frau vom Einzeltisch den Speisesaal und geht trotz schweren Wetters nur mit einem Umschlagtuch nach draußen.

Beim Anblick der belegten Brote, sie waren garniert mit gefächerten Gurken und Tomaten, hob Karpow die Hände, als wolle ihn ein regennasser Hund anspringen. Die Wirtin stellte den Teller auf den Couchtisch und holte mit einem letzten Gang in die Küche den Sekt. Sie zündete die Wabenkerze an, er hatte die Flasche zu öffnen. Sie stieß auf die Begegnung mit ihm an.

Vor dem Schlosshotel knirscht jetzt der Kies unter den Schuhen des Direktors. Der Zufall hat den Mann zum Steg hinausgeschickt, wo die Frau im Umschlagtuch ins Wasser starrt. Da sie zittert, legt er ihr seine Jacke um. Sturm und schwarze Nacht begünstigen die körperliche Nähe. Also folgen, ihrem Jahrgang angemessen, sachte, küsschenhafte Küsse. Im letzten Bild, die Jacke des Direktors spannt sich über beider Rücken, eilen sie ins Warme Richtung Schlosshotel.

Karpow hatte jeder Schnitte, die er aß, ihr Lied gesungen, und jede sollte die letzte sein. Sosehr er sich bemühte, zwischen Hunger und Bescheidenheit zu balancieren, die Wirtin schaffte es, dass er von neuem zugriff. Sie drehte den zur Hälfte leeren Teller, damit die volle Hälfte vor ihm stand. Wie einem Kranken diktierte sie ihm die Bissen, während sie dem Sekt zusprach.

Mit der Sättigung ging Karpows Müdigkeit einher. Die Wirtin hingegen hatte einen kleinen Rausch. Für sie hatte der Abend erst begonnen. Das späte Glück im Film, sein schönes Ende beflügelten sie und schürten ihren Wunsch nach Liebe. Nichts müsste ihr im Wege stehen. Im Gegenteil, man müsste einander nicht mehr suchen, man könnte, ohne dass Nacht und Sturm die Weichen stellten, einander schon gefunden haben.

Sie wünschte, dass er etwas spielte, worauf er, nachbarlicher Rücksichtnahme eingedenk, den Blick zur Decke richtete. Sie wollte ihn zum Trinkgenossen haben, das Bedenkliche an ihm verscheuchen, die Schläfrigkeit, die weiter nichts versprach, als unaufhaltsam fortzuschreiten.

Karpow unterdrückte das Gähnen durch ein Aufeinanderbeißen seiner Backenzähne. Die Erwartungen der Wirtin versetzten ihn in das Dilemma eines Schuldners. Mit allen Höflichkeiten, die ihm zu Gebote standen, versuchte er, sie nicht zu kränken.

Er gab den Dummen, der nichts verstand, übertrieb gesundheitliche Mängel, um den Weinbrand auszuschlagen. Er führte Magen, Kopf und Rücken an, umfasste mit der rechten Hand das Gelenk der linken, seine Zughand beim Akkordeon, die bei der kleinsten Drehung schmerzte, und führte dann den Schmerz herbei, um glaubhaft aufzuzucken. Sogar das Überbein, das von der strapazierten Hand aufragte, brachte er ins Spiel, indem er prüfend nach ihm tastete, als spüre er sein neuerliches Wachsen. Jedes Gebrechen war ihm gut, um von sich abzuraten.

Karpow ging um Mitternacht zu Bett. Die Wirtin war bei leiser Tanzmusik zurückgeblieben. Ihr Werben hatte sich in Übellaunigkeit verkehrt, sodass sie ihn vom Sessel aus zu seinem Zimmer dirigierte. Er lag hellwach und sah sie vor sich, wie sie brütend dasaß und das Unglück zu ertränken suchte. Auch Karpow war nicht wohl in seiner Haut.

Er hatte sie trotz der Manöver, einen unbrauchbaren Mann für eine Liebesnacht aus sich zu machen, am Ende doch gekränkt. Er war auf einen Racheakt gefasst. Jeden Augenblick könnte sich die Tür auftun, die verschmähte Frau ins Zimmer treten, sich vor seinem Bett aufbauen und sein Verschwinden fordern. Oder ein wütendes Weinen würde sie schütteln, und er müsste sie besänftigen.

Die Tanzmusik lief weiter, sonst aber rührte sich nichts. Nun fand Karpow, der sich eben noch als Opfer eines groben Auftritts fantasierte, diese Stille nicht geheuer. Die zarten Geigenstücke suggerierten Zweisamkeit. Und er malte sich ihr Zusammenwirken mit dem Weinbrandquantum seiner Wirtin aus. Rausch und Geigenklänge könnten ihre Liebeswünsche neu entfachen. Die begehrliche Frau könnte klopfen, und er läge wehrlos im Gästebett der Samariterin.

Um ein Uhr war der Spuk vorüber. Die Wirtin hatte ihr Schlafzimmer aufgesucht, das an das Zimmer Karpows grenzte. Er vernahm das Knipsgeräusch einer Lampe, das brüske Schließen zweier Vorhanghälften, begleitet vom harten, metallischen Rauschen der Laufrollen, die Schleuderstangen stießen aneinander. Dann noch ein schwaches Rumoren, gefolgt vom Ächzen der Bettfederung. Karpows Angespanntheit löste sich. Er war davongekommen. Schlaflaute der Wirtin drangen durch die Wand. Genauso würde sie ihn atmen hören, jeder Seufzer, jedes Räkeln teilte sich dem jeweils Wachen mit.

All das war Karpow, der nur beengtes Wohnen kannte und immer in entsprechend dicht gestellten Betten lag, nicht unvertraut. Trotzdem packte er und verließ gegen alle Skrupel des Undanks noch zu nachtschlafender Zeit das Haus. Er machte sich auf den Weg zu Jonny Siebert am Schlesischen Tor, einem Vertrauten seiner Nöte. Wann immer Karpow zu dieser Frühe bei ihm klingelte, ahnte Siebert die prekäre Vorgeschichte und nahm ihn auf. Er tat es, obwohl die Freundschaft zwischen ihnen längst beschädigt war, was musikalische Gründe hatte.

Jonny Siebert, der als Sänger dilettierte, hatte Karpow als instrumentalen Begleiter gewinnen wollen. Doch Karpow, ein diplomierter Absolvent des Konservatoriums von Astrachan, hatte abgelehnt. Schließlich willigte er widerstrebend ein, denn es war Winter geworden, und er brauchte ein Bett.

Siebert lebte von kleinen Auftritten, die er Frank Sinatra nachempfand. Seine ganze Existenz war eine Huldigung an Frankie Boy. Die Songs pulsierten wie das Blut in ihm. Sie machten seine Schritte weich. Auf den Trottoirs der rauen Gegend, in der er wohnte, sah man ihn schlendernd, dazu lächelnd wie abgeschirmt von einer Droge. Jeden Alltagssatz war er versucht sinatrahaft zu modulieren, selbst den kurzen Text der Telefonansage. Man glaubte einen Mann zu hören, der auf den samtbespannten Stufen einer Nachtclub-Bühne sein Publikum begrüßt.

So lebte Jonny Siebert auf seinen Durchbruch hin, während Karpow wusste, dass es den nie geben würde. Die Vortragskünste des jungen Freundes schmerzten ihn. Er hätte es ihm gerne beigebracht, ein väterliches Wort an ihn gerichtet, denn Siebert war noch unter dreißig. Doch fehlte ihm der Mut für diese Offenbarung. Also stützte er, soweit er es vermochte mit den Mitteln des Akkordeons, die dünnen Imitate.

Die Abende spielten wenig ein. Siebert nahm es zuversichtlich. Sein Enthusiasmus siegte über jeden Misserfolg. Karpow hingegen stapelte im Geist die Münzen, die anderswo ihm zugefallen wären. Dann traf er in der Wilmersdorfer Einkaufszone auf den Geiger Oleg Gutkin, einen lettischen Juden mit Konzertsaalreife.

Das autofreie Straßenstück war voller Musiker, und Töne aller Instrumentenklassen überlagerten und kreuzten sich. Gutkin musste sich behaupten gegen Bambusflöten, Trommelperkussionen und ukrainische Trompeten. Aus der offenen Reisetasche, die vor ihm stand, fluteten Orchesterklänge. Sie brandeten heran und verebbten sogleich für den erregten Part einer Streichergruppe. Bis auch diese sich zurücknahm für die Höhenflüge des Solisten Gutkin.

Er geigte, ein Schweißtuch zwischen Kinn und Schulter, mit dem Habitus des Virtuosen, die Augen geschlossen oder blicklos, die Gesichtszüge fernab und beglückt. Die Finger attackierten den Violinenhals, der Bogen glitt und hüpfte oder schrammte, eine Breitwand aus dissonanten Tönen erzeugend, die Saiten abwärts.

Als Karpow vor ihn hintrat, erfasste Gutkin instinktiv in ihm den Russen, zumindest aber einen Mann, der gleich ihm ein sowjetisches Vorleben hatte. Die weitere Gemeinsamkeit, das Straßenmusikantentum, war unschwer zu erraten, denn der

Mann schob ein Akkordeon auf einem Einkaufsroller, dem Fahrgerät der Ambulanten. Das Tonband, das die Tempi vorgab, lief unterdessen weiter. Gutkin musste spuren. Die Musikkonserve hetzte ihn. Schon nach einem Takt Verspätung würden ihn die unnachsichtig vorwärts treibenden Begleiter fallenlassen.

Bei Anbruch der frühen, winterlichen Dunkelheit, als nur noch das Licht der Kaufhallen und Geschäfte auf die Straße fiel, wechselte Gutkin seinen Platz. Dabei legte er wie ein Gesuchter, der trainiert war im Entkommen, eine routinierte Eile vor. Er tauschte die Glasfront, vor deren Helligkeit sich seine Geigersilhouette abgehoben hatte, gegen die Nische eines Hauseingangs, die unbeschienen war. Karpow folgte ihm dorthin. Vertraut mit den Fährnissen der Straßenmusik, wusste er sofort, warum sich Gutkin aus dem Blickfeld brachte. Doch schon geschah, was dieser fürchtete.

Die tönende Tasche hatte die Kontrolle angelockt, zwei Streifengänger bei der Fahndung nach unerlaubten Instrumenten. Darin inbegriffen waren Klangverstärker, wie Gitarristen sie benutzten, oder, wie im Falle Gutkins, die konzertante Untermalung einer Solovioline. Die Kontrolleure trugen, im Unterschied zum grünen Hoheitstuch der Polizei, dunkelblaue Uniformen, die schon dadurch, dass sie nicht so streng gebügelt waren, ihren halben Ernst einbüßten.

Es ging zum Feierabend hin. Von den Erträgen her war es die beste Zeit der Musiker, als profitierten sie vom Überschuss einer allgemeinen Gutgelauntheit. Die Kontrolleure schoben mit dem Gestus staatlicher Befugnis Gutkins kleines Publikum beiseite, während er, auf seinen Einsatz wartend, die stumme Geige hielt. Das verborgene Orchester spielte »Ave Maria« von Bach/Gounod, ein Ohrwurm allerorten, dem nun auch Gutkin gleich die Sporen geben wollte. Offensichtlich wollten aber auch die Männer das Bravourstück hören, denn sie zögerten die Amtshandlung hinaus. Und Gutkin, dem ihr Tätigwerden, ob er nun geigte oder nicht, in jedem Fall bevorstand, ließ sich vom Aufwind aus der Tasche tragen und sprengte los.

Noch an diesem Abend entstand das Duo Karpow-Gutkin, das bald durch die Nachtcafés von Berlin-Mitte zog. Man wagte einen Neubeginn nach ehrenrührigen Begleitumständen, nach der zu stümperndem Gesang vertanen Kunst sowie der Allmacht zweier beutefroher Streifengänger. Die Könnerschaft des einen war sich jetzt der Könnerschaft des anderen gewiss.

Ihr Äußeres entsprach den Instrumenten, die sie spielten, Karpow, ein Wind-und-Wetter-Mann, trug feste Schuhe, Anorak und Mütze. Gutkin hingegen, seinem Fach gemäß weniger ein Mann der Straße und des freien Himmels, trug dünne Schuhe, Hut und Mantel, jeweils schwarz. Seine Kleidung war in schlechtem Zustand, sodass er zugleich frierend, feierlich und arm aussah. Daneben wirkte Karpow wie ein wohlverpackter Wanderer. Er war glatt rasiert und auf eine trocken harte Weise schön, während in den weichen Zügen Gutkins, dem ein fahrig rotes Bärtchen auf die Oberlippe hing, sich eine Art von Geigerwehmut eingenistet hatte.

Sie waren schnell erfolgreich. Gäste und Wirte der späten Lokale, voran die der weiß gedeckten *à la mode* mit langen Kellnerschürzen und überhohen, zum Zerbeißen dünnen Rotweingläsern, versicherten sich ihrer Wiederkehr.

Man befand sich in einem Teil Berlins, in dem das einstmals Östliche verlockte. Ein Quantum Niedergang und Fremde hielt sich noch. Die Menschen aus dem Westen waren wild darauf. Doch wurde das, was sie erregte, zusehends schwächer. Ja, es drohte unter einem Riesenpinselschwung der Investoren gänzlich zu verschwinden. Dem Russen und dem Letten kam diese östlich ausgerichtete Verzücktheit also sehr gelegen.

Den Rücken zum Tresen, zog Karpow einen Stuhl zu sich heran, um das linke Bein auf einer Sprosse abzustützen. So trug der Schenkel die Last des Instrumentes. Es kam auch vor, dass diesem Installieren eine Geste deutlichen Willkommens vorausgegangen war, dass im Moment, wo er mit Gutkin durch den

Windfang trat, ein Kellner oder Wirt den Stuhl ihm schon entgegenrückte. Dann erlaubten sie sich trotz der Kürze ihres Gastspiels, die Garderobe abzulegen. Karpows Pullover sah unter den gesteppten Rhomben einer Traktoristenweste vor. Dazu kontrastierte die Orchesterschwärze von Gutkins Anzug. Der Abglanz Tausender von heißen Eisen, die über ihn hinweggeglitten waren, ließ ihn wie Seide schimmern. Er saß an allen Enden knapp, Hand- und Fußgelenke nicht bedeckend. Sein Träger hätte schon als Knabe in ihm stecken können.

Die Geige im Anschlag, fasste Gutkin den Parcours ins Auge, die Wege, die er ungehindert nehmen könnte. Es war nur eine Sache von Sekunden, fast zeitgleich mit dem Blick zu Karpow, dessen fauchend atemholendem Akkordeon und seinem ersten Bogenstrich. Dann überschwemmten sie mit »Schwarze Augen« die Gemüter, und Gutkin ging die Tische ab. Ein Wandel hatte sich in ihm vollzogen. Die Distinktion der höheren Berufung war von ihm abgefallen. Wo er sonst zwischen sich und der Straße Abstand wahrte, gab er sich hier dem fahrenden Volke zugehörig und spielte das gestische Feuer eines Zigeuners aus.

Er zog sich hoch, dass man den Gürtel sah und seine Jackenknöpfe spannten, und senkte sich ab, um einflüsternde, anbetende Positionen einzunehmen. Er vollführte eine Geigerakrobatik, die man fast olympisch hätte nennen können. Er steuerte die

Paare an. Die Entflammbarkeit der Frauen brachte Kasse. Herabgebeugt auf ihre Augenhöhe, mit dem Bogen fast die Wange streifend, entriss er sie der Lebensödnis, entfachte den köstlichen Tangoschmerz und half den Tränen auf die Sprünge. Natürlich hatte Karpow seinen Anteil an diesen wunderbaren Reaktionen, denn jetzt waren seine langgezogenen Akkorde das Orchester.

Sie spielten bis zur letzten S-Bahn weit über Mitternacht hinaus. Gutkin musste in sein Wohnheim nach Marzahn und Karpow zu Siebert am Schlesischen Tor. Im Bahnhofslicht am Hackeschen Markt zählten und teilten sie das Geld, das Gutkin mit dem Hut gesammelt hatte.

Es war nun abzusehen, dass Karpow über seinem Musikantenglück mit Gutkin sein Nachtquartier verlieren würde. Der Sänger Siebert fühlte sich verletzt. Dank dem Geiger, seinem Widersacher, musste er sich jetzt behelfen und selber die Gitarre schlagen, um die Songs zu unterfüttern. So kam ihm langsam das Motiv abhanden, warum der Russe bei ihm wohnte. An Stelle eines klaren Wortes ließ er die Alltagsfeigheit eines Mannes walten und nahm den Umweg über Karpows Kleidersäcke. Er bat den Sammler, sich zu mäßigen. Dann brachte er die Rede auf seinen flachen Schlaf, auf Ruhestörung durch nächtliche Toilettenspülung, sogar die Kette fand Erwähnung. Karpow ziehe sie zu brüsk.

In der Reihe seiner Unterkünfte rangierte die Siebertsche Wohnung am untersten Ende der Dürftigkeit. Sie lag im vierten Stock eines maroden Hinterhauses. Man musste Treppenstufen überspringen. Die Mieter waren notprobte Bohemiens, die Briefkästen viele Male aufgestemmt und wieder hingebogen. Keiner reklamierte Ordnung. Karpows Matratze füllte eine türlose Kammer aus, für die er hundert Mark im Monat zahlte. Das Fenster schloss nicht, sodass er seiner kranken Ohren wegen mit Mütze schlief. Der Ofen war ein ungenutztes Möbel. Wenn die Kohlenmänner hätten liefern können, war Karpow unterwegs, und der für Frankie Boy entflammte Siebert fror nicht. Die Herdplatten waren defekt, der Tauchsieder kochte das Nudelwasser.

Zum Baden fuhr Karpow quer durch die Stadt zu Margot Machate, der nörgelnd ihn umsorgenden Wirtin aus seiner Frühzeit in Berlin. Er war noch immer ihr Wladi und sie seine gute Frau Margot. Nach dem Haarewaschen drängte sie ihn unter ihre rosa Trockenhaube, ein Unikum aus dem Versand für Heimfriseure mit der Typbezeichnung »Fixe Susi«. Sie bestand darauf, da er sich sonst erkälte. In ihren Worten war er zugempfindlich wie ein Hefeteig. So saß er wehrlos, während sie sich amüsierte, wenn der zu Anfang weiche Gummiladen über seinem Kopf durch Zufuhr warmer Luft zu einem strammen Turban auftrieb. Dem Bad schloss sich eine Kaffeestunde an, der dann bei einem Fläschchen Piccolo das aufgestaute Ach und Weh der redemächtigen Frau Margot folgte.

Wenn nicht Dankespflichten Karpows Leben komplizierten, beschwerte ihn der Undank, dessen er bezichtigt wurde. Seine Gegengaben wogen immer leichter als die Gefälligkeiten, die man ihm gewährte. So hörte er mit einfühlsamer Brudermiene über Stunden Frau Machate zu, um doch in ihrer Schuld zu bleiben. Er genügte nie. Aus diesem Regelwerk war kein Entkommen, auch jetzt bei Siebert nicht. Der miserable Unterschlupf blieb nur als gute Tat zurück.

Nach Weihnachten, der Saison der milden Gaben, fuhr Karpow nach Hause in den Kaukasus. Berlin hatte ihn gut beschert. Wie in jedem Dezember hatte der Segen der dreizehnten Gehälter ihn gestreift. Und als Balsam gegen den Verdruss mit dem Sänger Siebert hatte ihm ein gütiges Geschick die Krankenschwester Rita Dudek zugelost. Sie war nun seine Bürgin für den nächsten Aufenthalt. Er sollte unentgeltlich bei ihrer alten Mutter, Elsa Dudek, wohnen und ihr zur Hand gehen. Das Angebot gefiel ihm. Es schien frei von jenen ihn beengenden Erwartungen zu sein, an deren Ende immer das Desaster stand.

Bei Karpows Rückkehr Anfang Februar trug Rita Dudek Trauerkleidung, da Elsa Dudek, ihre Mutter, als er noch im Zug durch Polen saß, gestorben war. Die bürgerliche Wohnung der nunmehr toten alten Frau lag in der Müllerstraße in Berlin-Wedding. Er war direkt vom Bahnhof in der Frühe hergefahren und hatte sein Gepäck schon mitgebracht. Viertausend Kilometer auf den Schienen lagen hinter ihm. Mit der Gewissheit auf ein Bett war ihm die Reise diesmal aber kürzer vorgekommen. Und nun empfing ihn die verweinte Tochter.

Er kondolierte. Dabei fand er sich nicht weniger beklagenswert. Die Mühsal, ein Quartier zu suchen, schien ihn wieder einzuholen. Er spürte schon die Fuchtel neuer, unwägbarer Zimmerwirte, für die er sich verbiegen müsste.

Das eigene Übel galt jetzt aber nicht. Die Pietät gebot ihm Haltung. Als er nach seinen Taschen griff, um aufzubrechen, hielt Rita Dudek ihn zurück. Sie zeigte auf die schweren Garnituren und Konsolen mit den tausend Sächelchen, die sich im Laufe eines Lebens sammeln, und sagte: »Bleiben Sie, Herr Wladimir, und räumen Sie die Wohnung aus.« Sie war das Eigentum der Mutter, und ihre Erbin wollte sie verkaufen. So kam der Tod von Elsa Dudek ihm schließlich noch zustatten.

Die erste Woche, in die das Datum der Bestattung fiel, wurde ihm geschenkt. Hundert Quadratmeter warme Behaglichkeit, ohne einen Finger krumm zu machen, nie war es ihm besser ergangen. Als die

Woche vorüber war, musste Karpow dann das schöne Nest zerpflücken. Er leerte Kommoden und füllte Kartons, schlug Ehebetten und Schränke ab und schleppte Stück für Stück des demontierten Hausstands, das Klavier ausgenommen, das zwei Packer über Schulterriemen trugen, herunter auf die Straße, wo die Trödler vor den Kleintransportern rauchten.

Zum Märzbeginn stand bis auf Karpows Bett und einen Küchenstuhl die Wohnung leer. Die Bleibefrist war damit abgelaufen, und Karpow führte Rita Dudek durch die besenreine Zimmerflucht. Doch von seiner Emsigkeit und Umsicht überwältigt, sann sie sogleich auf eine neue Tätigkeit für ihn. Alle Pflanzen vom Balkon, die den Winter überdauert hatten, sollte er zur Mutter auf den Friedhof bringen.

Auf dem Grab lag noch dahingewelkter Trauerschmuck. Die Kranzschleifen waren hart gefroren wie der Boden. Er hätte nicht mal eine Gabel in ihn stechen können. Es musste also wärmer werden, um nicht gärtnerisch zu scheitern. Diesmal war die Kälte das Ereignis, das zwar zu bedauern, ihm aber dienlich war.

Die Kälte stand ihm noch für einen vollen Monat bei. Im Kalender war der Frühling fast zwei Wochen alt, als Karpow sich das Grab vornahm. Es bildete den Anfang eines neuen Feldes. Inzwischen war die Reihe bis auf den letzten Ruheplatz, um den sich noch der Aushub türmte, voll belegt. Vor einem dieser frischen Gräber sah er eine Frau, die mit der tatenlosen Stille des Gedenkens überfordert war. Kaum, dass sie mit gesenktem Kopf verweilte, durchzuckte sie ihr Ordnungssinn, sodass sie gleich an den gezausten, vom Wind unleserlich gelegten Schleifen zupfte.

Karpow trug die Kränze und Gebinde von Elsa Dudeks Hügel zum Kompost. Als er zurückkam, fand er das leere Grab in ihrer Reihe von zwei Kanthölzern überbrückt und mit grünem Kunststoffrasen ausgeschlagen. Ein dünnes Läuten war zu hören. Dann rückte schon der Trauerzug heran, vorneweg die rumpelnde Lafette unter schwarzem Tuch mit abgesenktem weißem Palmzweig.

Karpow zählte fünf Gestalten, die sechs Träger und den Pastor ausgenommen, jede alt und für sich, vier Frauen und ein Mann in Alltagskleidung, als habe man sie eilig herzitiert, um eine minimale Menschenfülle aufzubieten. Vom entfernten Ende der Allee hastete noch eine Frau heran, die offenbar dazugehörte.

Die Märzsonne schien, eine ungnädig kalte Inspizientin. Ihre scharfe Helligkeit machte alles schäbig. Die schwarzen Mäntel des Bestattungspersonals waren im Begriff, ins Braune auszubleichen. Und jenseits davon, schon ins Violette spielend, die dazugehörigen Prinz-Heinrich-Mützen. Unter dem Talar des Pastors sahen Fahrradklammern vor. Weit hinter ihm trotteten die fünf Versprengten. Sie rückten erst auf, als die mittleren Träger die Kanthölzer zogen und der Sarg an den Seilen der äußeren vier in die Grube fuhr. Die Träger nahmen ihre Mützen ab. Um jeden Kopf lief eine Schweißband-Delle. Sie blieben standhaft feierlich und hielten so das klägliche Begängnis am Zügel ihrer Dienstvorschriften.

Ein Trauergast schloss sich dem Vaterunser des Pastors an. Da sonst keiner einfiel, gab er in der Mitte des Gebetes wieder auf. Als die Nachzüglerin das Grab erreichte, sprach der Pastor schon den Segen.

Sie störte das Begräbnis wie ein stilles Wasser auf, in das ein Stein gefallen war. Die Alten maßen sie mit Blicken. Man glaubte wohl, sie habe sich verirrt. Das Rot ihres geschminkten Mundes prangte. Und an dem blumenlosen Grab wirkte das Bouquet in ihrem Arm verschwenderisch. Sie trug pelzverbrämte Stiefeletten, eine schwarze Lederjacke mit eingeprägtem Rosenmuster und um den Kopf ein Lurextuch. Die Kleidung, obwohl dem Anlass angemessen, verriet ein starkes Schmuckbedürfnis. Man hätte sie daher für eine Russin halten können. Doch dem Gesicht nach mit dem dunkelblassen Teint entstammte sie dem Süden.

Karpow erkannte Ada Akajian, die Armenierin aus Baku, mit der ihn eine Zugfahrt von Brest nach Berlin-Zoo verband.

Der Erdbehälter, der in bequemer Höhe einem Eisenfuß aufsaß, war mit feuchtem gelbem Sand gefüllt. Der Pastor warf ihn aus der Hand in kleinen Prisen auf den Sarg, die Trauergäste aus dem Schippchen. Er prallte mit dem nassen Ton von Mörtel auf, als ob die Kelle eines Maurers ihn hinabgeschleudert hätte. Der Pastor blieb noch eine Weile für den Fall, dass jemand seinen Beistand wünschte. Minuten später, er war gerade in den Hauptweg eingebogen, fuhr der Friedhofswart auf seinem Schaufelbagger vor.

An guten Tagen kehrten bis zu fünf Trauergesellschaften in dem Café am Friedhof ein. Das waren Schübe von jeweils ein paar Leuten, die, wenn es hochkam, einen Ecktisch brauchten. Die friedlichen Düfte der Backwaren empfingen sie. Für das Auge zogen sich Schilfgitter über die Wände, an denen Bastampeln mit Rohrkolben und starren Gräsern hingen, standen Moosnester mit Drahtvögeln auf den Fensterbänken und, wo immer es Platz gab, Kerzen mit einer kartoffelfarbenen Schleife aus Sackleinen. Auch zwischen Karpow und Ada Akajian, die sich an einem Zweiertisch niedergelassen hatten, stand ein auf Kork montiertes Trockengesteck.

Trotz des überreichen, die Behaglichkeit umwerbenden Dekors war das Café auf einen schnellen Gästewechsel ausgerichtet. Es herrschte Kännchen-Zwang wie auf einem Ausflugsdampfer. Kaum dass die Leute saßen, schlug die Serviererin mit ihrem

Bleistift gegen den Bestellblock. Sogar die Ungeduld darüber, dass jemand zwischen Bienenstich und Linzer Schnitte schwankte, übertrug sie ihrem Bleistift, der nun das Zeitmaß vorgab wie ein Fingerknöchel auf dem Tamburin.

Die Nachtfahrt, auf der Ada Akajian dem Russen Karpow, der damals noch Kolenko hieß, die schlimmen Dinge aus Baku erzählte, lag sieben Jahre zurück. Am Abend hatte man Brest erreicht, die Grenzstadt zu Polen, wo die breiten Schienen Russlands aufhörten und die schmalere, ins westliche Europa führende Schienenspur begann. Während des Achsenwechsels, der sich über drei Stunden hinzog, hatten die Fahrgäste im Abteil zu bleiben. Es dröhnte aus der Tiefe des gemauerten Gleisbettes, Hammerschläge erschütterten die Waggons, ein krachendes Kollidieren von Rädern.

Die Türen standen offen, vor jeder ein dichter Keil weißrussischer Händler, die allerärmsten auf der ganzen Strecke. Ihr Papiergeld mit den Tieremblemen hieß aus Spott und nicht aus Zartheit »Häschengeld«. Eine Alte bot einem Mann aus Saratow ein Brathuhn an. Es war noch warm, man roch es durch den Zeitungsbogen. Er kaufte es für Rubel, die sie wie Gold entgegennahm. Als sie ihm Wechselgeld hinzählte, sagte er großrussisch generös: »Lass deine Häschen stecken!« Der Speisewagen war abgekoppelt worden. Und da das Essen die schönste Kurzweil jeder langen Reise ist, machte die Händlerschaft aus Brest ihr kleines Glück.

Zur Schlafenszeit fuhr der Zug in Polen ein. Minuten vorher, auf weißrussischer Seite noch, hatte eine Durchsage vor polnischen Banditen gewarnt. Wenn überhaupt, stiegen sie in Warschau zu, verlautbarte die Stimme, schreckten die Schlafenden mit ihrem Klopfen hoch, verschafften sich unter Nennung des Wortes »Interpol« Zutritt in die Abteile, um Geld zu erpressen. Nach wenigen Stationen, hieß es weiter, stiegen die Banditen wieder aus. Daher seien die Reisenden angehalten, die Coupétüren von innen einzuklinken und jedwedes Klopfen zu ignorieren.

Ada Akajian hatte die Durchsage gleichmütig aufgenommen. Keine Untat würde die Axthiebe und Schüsse in der Küche ihrer Mutter steigern können. Die Bilder hielten sich ständig bereit, passten jeden Moment der Stille ab und stiegen wie Hitze in ihr hoch. Wenn sie sich niederlegte, waren sie besonders unerbittlich. Sie zerrissen ihre Müdigkeit und liefen über eine Leinwand, die ein Saboteur des Schlafes für sie aufgerollt zu haben schien.

Es nahm sich also nichts, ob Ada Akajian nun wach im Hochbett lag oder die Nacht im Gang verbrachte. Sie befand sich auf dem Weg nach Berlin, dem Ort ihrer Zukunft, von dem sie sich mildere Sitten versprach.

Im Gang stand auch Karpow, den Streitereien von seinem Liegeplatz vertrieben hatten. Die Warnung vor Banditen hatte die brutwarme Enge des Abteils noch mal um Grade aufgeheizt. Die sechs Reisenden, gesellige Russen allesamt, hatten über tausend Kilometer miteinander harmoniert, gegessen, getrunken und gesungen. Dann hatte sich der Überschwang verflüchtigt. Und wider die Erwartung, dass die Gefahrennacht, in die sie fuhren, sie zwischenmenschlich schmiegsam machen würde, kam Zwietracht auf.

Plötzlich litten alle unter der erhöhten Körperdichte. Jeder gab dem Wunsch nach nervlicher Entladung nach. Jeder glaubte, das ihm zugeteilte Lager sei exponierter als ein anderes. Karpow sollte unten auf die Sitzbank, weil jetzt die Frau, die in der Nacht zuvor dort lag, partout nach oben wollte. Er stieg in Strümpfen, in einer Hand den Instrumentenkoffer, auf die angelehnte Bettenleiter. Dann stieß sich jemand aus dem Mittelbett, der nach unten Reden hielt, den Kopf an seinem Koffer. Er jaulte und fluchte. Man reichte ihm ein Messer zur Kühlung seiner Beule, die es noch gar nicht gab.

Natürlich hatte dieser Zwischenfall sein Gutes. Er entrückte die Banditen. Und es herrschte wieder Einigkeit, da Karpow, der von Natur aus die Konflikte flach hielt, jede Schuld einsteckte. Alles war sehr unerfreulich.

Die Jahre, die seit jener aufgeladenen Nacht im Zug vergangen waren, hatten Karpow zum Routinier eines bizarren Lebenskampfes gemacht. Kein Glück war ohne Tücke. Es gab ihm Frauen an die Angel, Wirtinnen, die ihm seiner hoffnungslosen Kameradschaft wegen kündigten. Und jede Kündigung, sofern er sie nicht selbst betrieb, war dann von außen eine Hilfe, die ihn in neue Abenteuer stieß.

Er kannte Berlin von jedem Ende her. Wahrscheinlich kannte er es besser als jeden Kindheitsort und alle Orte, die ihm Russland jemals zugewiesen hatte. Am besten kannte er die U-Bahn. Ihr verzweigtes Netz war mit seiner Nervenbahn verknüpft, so wie die tote Luft, die aus ihren Bodengittern stieg, ihn heimatlich umfing. Er hätte sich mit einer Augenbinde in der unterirdischen Gesamtheit dieser Stadt zurechtgefunden. Und jetzt hatte ihn im Zickzack seiner Überlebenswege ein Hakenschlag auf einem Friedhof landen lassen, dem St. Philippus-Apostel-Kirchhof, See-/Ecke Müllerstraße, wo ihm die Frühjahrspflanzung eines Grabes aufgetragen war.

Damit war das Rätsel des Begegnungsortes, soweit es ihn betraf, gelöst. Vergleichbar undramatisch erklärte sich das Friedhofsgastspiel der Armenierin. Die Mieter ihres Wohnblocks in der Togostraße hatten sie als ihrer aller Abgesandte zur Beerdigung geschickt.

Längst waren Trauergäste späterer Beerdigungen eingekehrt und wieder aufgebrochen. Alle hatte die Serviererin mit ihrer Hast traktiert. Das Paar, das russisch miteinander sprach, hingegen saß und saß. Wider ihre sonstige Gewohnheit hatte sie es warten lassen. Irgendetwas ritt sie gegen diese Leute. Dann wiederum reizte sie die Langmut, mit der dies hingenommen wurde. Sie hätte ihnen gerne vielbeschäftigt abgewunken. Doch weder er noch sie versuchte, sie heranzuwinken. Und am Ende bestellte dieser Russe wie zur Verhöhnung des Servierberufes »Zweimal Tee mit Kuchen«.

»Was heißt hier Kuchen? Welchen?« Darauf sagte Karpow: »Ganz egal«, und darauf sie: »Egal gibt's nicht.« Dann fing sie an, im Schweinsgalopp die Kuchennamen herzusagen. Der Russe schmeckte ihr, ganz zu schweigen von der Frau, die sich die Augen wischte.

Ada Akajian war bei ihrem impotenten Maurer angelangt, bei ihrer für nichts als das reine Unterkommen überstürzten Heirat mit der Ausgeburt von einem Mutterpflänzchen. Gegen jeden Säufer Russlands würde sie den Maurer tauschen. Und Karpow hatte keinen Trost für sie. Das war nun wirklich nicht der Augenblick für Kuchendifferenzen.

Damals, im Zug durch Polen, schien die Armenierin in eine Schmerzensaura eingehüllt. Und ihr Blick verriet ihm, dass sie sich von ihrem Schmerz auch nicht zu trennen wünschte. Trotzdem war er an sie herangetreten. Alle, außer ihm und ihr, lagen in

Erwartung der Banditen hinter eingeklinkten Türen. Statt seiner ruhte das Akkordeon auf seinem Liegeplatz.

Die jeder Nacht eigene Stille war aufgewühlt. Die Schleusen für Bekenntnisse und Beichten standen also offen, als Ada Akajian dem ihr fremden Russen die Tragödie anvertraute. Damals war sie ohne Tränen und von der Distanziertheit einer Pathologin. Und er war ein Tresor für sie, in den sie das Unsägliche versenkte.

Nun breitete dieselbe Frau den Fortgang eines wohlversorgten Lebens vor ihm aus und weinte. Wahrscheinlich unterstellte die Serviererin ein trübes Rendezvous, dem das Friedhofscafé und die Hinterbliebenen darin als unverfängliche Kulisse dienten. Kein Wunder bei dem Bild, das beide boten, er überfordert, meistens schweigend, und sie untröstlich, ein vom Ehebruch zermürbtes Paar, das bilanzierte. Das Thema Kuchen war längst ausgestanden. Sie hatten es beim Tee belassen. Als die Serviererin ihn brachte, dankte Karpow mit dem Wort »perfekt«. Er favorisierte dieses Wort. Es war der Joker Karpows, dieses Enthusiasten des Harmonischen.

Karpow verschwand hinter dem Gepäck, das er schob. Nur die bewegte Mütze über der hohen Ladung verriet, dass die Karre auch einen Lenker hatte. Er trat mit sieben knüppelhart gepackten Taschen, einem Karton, der die Aufschrift »Küchenwunder« trug, und zwei Instrumentenkoffern die Reise in die Heimat an. Der Zug nach Moskau war schon eingefahren. Die Schaffner hingen aus den Türen. Sie nahmen das Gewimmel in den Blick, die Heerscharen in schwarzen Lederjacken, vor allem aber die immense Stückzahl ihrer Fracht.

Sie überstieg bei weitem den Bedarf an Dingen, den man einem Reisenden zu Friedenszeiten zugestehen würde, und passte eher in das Bild von Krieg und Flucht. Der Bahnsteig war bedeckt mit Säcken, Bündeln und Paketen, wild verschnürt oder verklebt mit einer Orgie aus Tesafilm, den buntgestreiften Asylantentaschen, deren Leuchtspur um den ganzen Erdball zieht, mit übervollen Koffern, durch Seile oder bis ins letzte Loch zerdehnte Riemen abgesichert, dazwischen die zu rollenden Modelle der Gepäckmoderne mit versenkten Deichseln und jene international gebräuchlichen Behältnisse mit Schulterriemen, Klettverschlüssen und einer Unzahl Seitenfächern.

Nach Augenmaß, zumindest einem, das nicht russisch wäre, hätte nur ein Schiffsbauch solche Massen bergen können. Und hätte man alles auf Lasttiere verteilt, den Rücken von Mulis, Eseln und Kamelen aufgeschnallt, die Karawane würde sich von Berlin-Lichtenberg bis Frankfurt/Oder hingezogen haben. Doch dieser Zug schien sich zu dehnen.

Der Jüngste im Abteil war Alexander Karbatin, ein ausgesucht städtischer Mensch mit randloser Brille und kleinem, nervösem Gesicht. Selbst wenn es keine Kleiderordnung für fernreisende Russen gab, es sei denn, man ließ die Lederjacke als stille Übereinkunft gelten, überraschte er in seinem grauen Anzug. Auch mit dem Köfferchen, seinem einzigen Ballast, lag er außerhalb der Sitten.

Der Zug fuhr gegen zehn Uhr abends ab. In den Zweiercoupés erwarteten den Reisenden gemachte Betten, und die Schaffner wünschten gegen Vorabkasse eine ruhige Nacht. Im Abteil von Karbatin und Karpow, das sich sechs Männer teilten, zog man die flach zur Wand geklappten Mittelpritschen vor, die über Tag die Rückenlehnen für die Sitzbank bilden. Nicht jeder von ihnen war Russe im engeren Sinne, doch jeder im Riesenreich der einstigen Sowjetunion gebürtig. Sie begriffen sich als Landsleute, zumal dort, wo ihre Währung nichts galt.

Mit seiner Platzkarte für die oberste Pritsche hatte Karpow auch das Anrecht auf den kleinen Hohlraum unter dem Waggondach, in den vier seiner sieben Taschen passten. Das übrige Gepäck hatte er im Gang gelassen, wohl wissend, dass es auch das Maß für Russen überschritt. Jetzt rückte er es Stück für Stück vor das offene Abteil, aus dem ihm Schweigen, das eine hämische Belustigung zu bergen schien, entgegenschlug. Und er setzte, was er immer tat, wenn eine Hürde ihm den Weg versperrte, ein geniertes Lächeln auf.

Er erinnerte an einen schlauen Hund, der zu seinem Herrn aufs Bett will, aber vorerst nur die Pfote auf die Kante legt, um dann, sowie der Herr unachtsam schläfrig seine Pfote toleriert, hinaufzuspringen. Hier war nun Alexander Karbatin der Herr und seine reservierte Sitzbank nun das Bett, auf dessen Kante Karpows Pfote lag. Denn wer die Sitzbank hatte, der hatte Stauraum unter sich, die begehrte tiefe Truhe, die das Gewicht des Schläfers fest verschließt. Karbatin ließ ihn die Truhe füllen. Und Karpow hatte wieder Glück.

Er bedankte sich mit einem Bier zur Nacht im Speisewagen. Beim *Sa sdorowje* nannten sie einander Sascha und Wolodja. Entsprechend jenem Hang der Russen, aus dem Bruder bald ein Brüderchen zu machen, um dann das Brüderchen noch weiter zu verkleinern bis Sascha zu Saschenka und Wolodja zu Woljoscha wird, bedienten sie sich erst der Vorform ihrer Kosenamen.

Wie üblich war der Speisewagen reichlich aufgeschmückt. Schon auf die Schwelle fielen Blütenranken. Der Pächter war vernarrt in Rosa. Hier hätte man bei Tage die Taufe eines Mädchens feiern können. Doch jetzt gab sich das Rosa schlüpfrig. Unsichtbare Lampen spendeten ein unschlüssiges, fast submarines Licht. Man glaubte, dass die Ranken, vom

Takt des Zuges hin- und hergeschaukelt, schwammen. Und wenn sie sich für Augenblicke um die eigene Achse drehten, glaubte man, sie würden sinken. Auch in diesem Speisewagen fuhr als Beifracht ein zerlegtes Auto mit. Die schlierige Waggonbeleuchtung machte ein vom Sumpf geschlucktes Wrack aus ihm, das gut zur Unterwasserstimmung passte.

Karbatin ordnete die Männer, die vor den Autoteilen saßen, einem der transkaukasischen Völker zu. Sie riefen nach Schampanski. Aus der Küchenklappe drang das scharfe Flüstern zweier Kellnerinnen, die eine war Mongolin, die andere blond, vielleicht sibirische Tatarin. Jede wollte das Revier, in dem das Auto stand, für sich. Schließlich stöckelte die Blonde mit der kalten Flasche los. Bei jedem ihrer Schritte hörte man das Wetzgeräusch der Strümpfe. Und einer am vermeintlichen Kaukasentisch, zu dem sie unterwegs war, ahmte das Geräusch mit seinen Händen nach.

Drei Wodkatrinker aus Omsk brachten daraufhin die Rede auf die Tschernomorez, den vom Schwarzen Meer geprägten Menschenschlag. Dann weiteten sie das Thema geografisch aus, schlugen die östliche Richtung ein bis hin zu den Küsten des Kaspischen Meeres und zogen über die Geschlechtsgenossen des gesamten Südens her. Nichts als Fiesta, Tanz und Liebe mit den Frauen Russlands, drei Tage Himmel und dann wieder heimwärts zur weggesperrten Mutter ihrer Kinder. Auch die Händlerschläue fand Erwähnung. Warenmonopole wurden angeführt, der Blumenhandel bis nach Wladiwostok fest in Händen Aserbaidschans. Die Tschetschenen kamen auf den Tisch. Sie kauften sich Diplome an den Universitäten, wollten immer Herren sein, trügen ihren Birkenbesen für die Sauna in der Aktentasche, hätten als Soldaten den Toilettendienst verweigert.

So ging es fort mit allen Vorbehalten gegenüber dem Nichtrussischen. Dem Ethnologen Karbatin, der sich den Minderheiten unter dem vergangenen Regime verschrieben hatte, bot sich auf engstem Raum die ganze Breite seines Faches dar. Er fühlte sich beschenkt, während Karpow sich auf seine Pritsche wünschte. Karpow spürte ein Gewitter nahen. Jetzt war es aufgezogen und im Begriff, sich zu entladen. Am liebsten hätte er geschlichtet, noch bevor gestritten wurde.

Der Nachahmer des Strumpfgeräusches, gerade noch der Fröhlichste, schob mit bösem Schwung den Teller von sich, und einer aus dem Omsker Trio sandte Mutterflüche zu ihm hin. Karpow sah beide schon nach einer Flasche greifen, sie zerbrechen, um mit dem Scherbenstumpf aufeinander loszugehen. Indessen blieben die Parteien durstig. Der Schampanski floss, der Wodkanebel im Bedienungsabschnitt der Mongolin wurde dichter, und der Pächter, offenbar im Widerstreit, ob er den Richter spielen oder die

Geschäfte laufen lassen sollte, saß sichtlich unbequem in seiner Ecke. Er war Russe. Aus pekuniärer Sicht war ihm die Autoklientel jedoch die interessantere.

Er erhob sich erst, als der Fluchende aus Omsk den Stuhl abrückte, und stellte sich seemännisch breit in den Gang. »Wir fahren immer noch durch Deutschland!«, sagte er im Ton einer Geschmacksempfehlung, als sei es ungehörig, sich hinter hellen Fenstern familiär zu metzeln. Es klang wie tausendmal vergeblich hergesagt, vergeblich wie die in einer Mietskaserne immer wieder angemahnte Ruhe vor derselben Tür.

Die beiden Stilleren am Wodkatisch erreichte nichts mehr. Sie starrten blicklos vor sich hin. Der Dritte hingegen, der wie ein angezählter Boxer schwankte, reklamierte Nachschub. Da die Mongolin Order hatte, ihn im Trockenen zu lassen, schmähte er den Pächter. Er nannte ihn den falschen Mann am Platz. Ein Russe tauge nicht zum Wirt. Hier müsse ein Armenier her. Jetzt sang er einem Volk das Lied, das eben noch zum Schaden Russlands existierte.

Karbatin hatte nach dem zweiten Bier auch das nächste übernommen. Das dumpfe Klima inspirierte ihn, aus seiner Militärzeit zu erzählen. Zwei Jahre Riesa in Sachsen, die Bataillone in der Mehrheit rein muslimisch, Tadschiken, Turkmenen, Usbeken, Baschkiren, Mondmenschen für das deutsche Brudervolk, die Fremdheit unaufhebbar und gewollt. Ihn als Juden hätte man normalerweise an der Grenze Chinas stationiert oder an der Barentssee, aber nicht in Riesa, einem versehentlichen Privileg für seinesgleichen. Denn gegen die Ödnis anderswo war Riesa fast Paris.

Karpow trieben andere Dinge um. Er reiste in dringender Sache, die schwangere Braut seines Sohnes Sergej sollte endlich ihre Hochzeit haben. Für den künftigen Vater hatte er ein Keyboard im Gepäck. Seine Welt war die Familie. Während Karbatin die Reibungen der Völker stimulierten, ihr Tun und Lassen, Reiz und Kluft der Andersartigkeit, war Karpow nur dem zugekehrt, was bindet, und nicht dem, was trennt.

Er zog aus einem Mäppchen Fotos, Sergej als Rekrut in Pjatigorsk, die Blonde links Natascha, das Paar mit kussgespitzten Schnuten im Tanzclub *Zeitgenosse*, Karpow mit dem kleinen Juri huckepack, das Kükenköpfchen auf der väterlichen Schulter. Er wartete nach jedem Bild ein Echo ab, bevor er Karbatin das nächste reichte. Er sortierte sie nach dem Gesetz der Steigerung und gab sie in den Stufen seiner eigenen Entzücktheit weiter. Manche Fotos behagten ihm so sehr, dass er sich gar nicht lösen mochte und Karbatin die Hand ins Leere streckte. Zum Beispiel eines, auf dem Witali und Juri, beide noch im Kindesalter, das wuchtige Akkordeon vorführten: Witali stehend, zwischen seinen dünnen Armen den breitgezogenen Balg und unter ihm auf allen vieren Juri, die Last des Bruders mit dem Buckel stützend.

Das ihm liebste Bild steckte Karpow ungezeigt zurück. Die Bedingungen zur Andacht fehlten, denn aus der Küchenklappe wurden zur Ernüchterung der Kontrahenten Salzgurken und grüne, in Lake schwimmende Tomaten auf den Weg gebracht, und der Omsker schrie, er wolle keine Gurken. Dann streckte seine Trunkenheit ihn nieder. Der Pächter atmete erleichtert auf, die Kaukasier lachten, und Karbatin erlöste den familienfrommen Karpow, indem er um das letzte Foto bat.

Nach einer kurzen, zur Sammlung des Betrachters eingelegten rituellen Pause, als stünde die Enthüllung eines Denkmals an, holte er das Foto vor. Es zeigte Galina Alexandrowna, seine Gala, seine Galitschka. Karbatin huldigte ihrer Schönheit, worauf Karpow ihn, von Stolz beflügelt und vom dritten Bier, Saschenka nannte und dieser seinen sehnsuchtsvollen, den Tränen nahen Reisekompagnon Woljoscha.

Man saß noch eine Stunde. Karpow erzählte Episoden aus Berlin, von den Zufällen der Straße, vom harten Brot der Dankbarkeit, den weichgestimmten Herzen und ihren glimpflich abgewendeten Offerten. Er schwärmte vom Zusammenspiel mit dem Geiger Gutkin, womit er Karbatin das Stichwort für die Streicher in den Orchestern Moskaus lieferte. Es waren einmal alles Juden, sagte er, unabkömmlich, wenn auch kaum gelitten. Dann seien viele ausgereist, und die geblieben waren, traf die Parole »Weg mit euch!«. Sie stellten, immer auf dem Sprung zu emigrieren, die Orchester unter Risiko.

Jetzt, wo der Aufruhr abgeklungen war und Trinksprüche die versöhnte Verschiedenheit zum Inhalt hatten, geriet Karbatin in einen Furor gegen Judenfeinde in der russischen Konzertwelt. Er gab den Namen eines Dirigenten preis, der, bevor die Wiener Philharmoniker ihn riefen, noch den letzten kleinen Moishe zu entfernen trachtete. Er könne Steine nach ihm werfen.

Dann zog er sich am Schicksal eines Dirigenten hoch, der seine Juden keinesfalls verlieren wollte und daher ausgewechselt wurde. Statt seiner habe dann der Chef des staatlichen Orchesters für Balalaika- und Akkordeonmusik am Pult gestanden, ein gesalbter Großrusse, Feind der Juden und aller kleinen, einst sowjetisch einverleibten Völker. Trotz seines Hasses nannte er den Mann einen Spitzenspieler des Bajan, einmal der Gerechtigkeit zuliebe, aber mehr noch zum Gefallen Karpows, zur Würdigung von dessen Instrumentenklasse.

Der Lautsprecher, der das Abteil mit Frühmusik beschallte, war über Karpows Pritsche installiert. Gewöhnlich hatte er beim allgemeinen Wecken die

Morgentoilette schon hinter sich. Diesmal schlief er aber noch, und der Hahnenschrei, der die Melodie abschloss, fuhr ihm wie ein Dolch ins kranke Ohr. Er fühlte sich zerschlagen von der langen Nacht, als ungeübter Trinker, der er war, vor allem aber von den Bieren. Und jetzt stand ihm die Menschenschlange auf dem Gang bevor, ihr zähes Vorwärtsrücken zur Toilette.

Auch wenn das aufgereihte Warten, gleich welches Ziel an seinem Ende lag, einmal zu den passionierten Tätigkeiten eines Russen zählte und die Not sowohl das Warten damals wie jetzt hier im Zug diktierte, hier war es auf spezielle Weise peinigend. Die Aura jener Örtlichkeit reichte tief in den Gang hinein. Sie unterteilte ihn in Zonen, die jeweils von der Mitte aus zum rechten und zum linken Ende des Waggons verliefen. Die Mitte, an die etwa drei Abteile grenzten, war neutral. Dann trat man in die erste Zone der noch schwachen Harngerüche ein. Sie wurden, über Jahre beständig aufgetürmt und sich jeder Putzmaßnahme widersetzend, hartnäckiger und schwerer, bis sie sich zu ihrer höchsten Penetranz verdichteten.

All das verdiente keinerlei Erwähnung, hätte man im Eilschritt diesen Ort aufsuchen können. So aber hatte jeder auszuharren, und die Minuten zogen sich wie bei körperlichem Schmerz. Man kommentierte das Befinden mit Grimassen. Dazu kam die Mürrischkeit der jäh Geweckten, die Ungeduldigen, die ihre individuelle Drangsal über die der andern stellten.

Einer war ein Bild von einer männlichen Person, ein Beau, in Unterhosen mit grünbeigen Biedermeierstreifen. Sie stammten vom Designer Calvin Klein. Auch dem Frottiertuch war ein Markenname eingewebt. Seine schiere Wohlgeratenheit hob ihn aus der Reihe. Er wollte deutlich nicht hierhergehören, tat, als stünde man um Tenniskarten an, sah aus dem Fenster und rasierte sich, wobei die leiseste Bewegung seiner Hand den Bizeps seines Armes tanzen ließ. Selbst im Stillstand zuckten seine Muskeln wie bei einem Pferd, auf dem sich Fliegen niederlassen. »Leibwächter, früher Sportstudent«, sagte Karbatin zu Karpow, seinem Hintermann.

Karpow war begünstigt, da seine Pritsche unter dem Waggondach am Tage keinen störte. Er stieg die Leiter wieder hoch und zog sich liegend, sich auf Kopf und Fersen stützend, die Cordhose aus. Er durfte weiterschlafen, was Karbatin verwehrt war, auf dessen Bank schon der Abteilgenosse von der inzwischen hochgeklappten Mittelpritsche saß. Am Nachmittag erreichte man Brest, wo der Achsenwechsel vorgenommen wurde. Der mittlerweile frische Karpow räumte seinen Platz für Karbatin, damit der etwas Schlaf nachhole. Es war gut gemeint, doch bei den Hammerschlägen aus dem Untergrund federte das Hochbett wie ein Trampolin.

Also vertrat man sich die Füße auf dem Gang und setzte das Erzählen fort. Karbatin war auf der Insel Sachalin geboren, ein Verbannungskind, die Mutter kurz zuvor geschieden. Karpow hatte einen Teil der Kindheit im Donezbecken bei den Kohlegruben zugebracht. Der Vater war der Rente wegen zehn Jahre Bergmann unter Tage, worauf Karbatin das Thema Löhne und Gehälter im Sowjetsystem eröffnete. In der Bezahlung, gestaffelt nach Gefahren und Strapazen, lag der Bergmann noch über den Piloten und Simultandolmetschern.

Die Nomenklatura, sagte Karbatin, habe im Vergleich zur Bergmannschaft nur unerheblich mehr verdient. Gegen diesen trügerischen Tatbestand griffen beide dann zum Zeitvertreib die Privilegien der Regierungsklasse auf und überboten sich in Villen, Limousinen, Jagdrevieren, Yachten auf dem Schwarzen Meer, Spezialgeschäften, westlich ausgerüsteten Spitälern, Staatsdatschen in allen Klimazonen und so weiter. Im Hinblick auf den Bergmann, dem dies alles fehlte, lachten sie.

Es war schon dunkel, als der Zug anruckte auf der nun breiten, ausschließlich für den Kontinent der Russen geeichten Schienenspur. Und kaum dass er Fahrt aufnahm, teilte sich sofort die raue Gangart dieses Kontinentes mit. Die Räder schlugen mit dem groben Tremor eines Blindenstockes an die Gleise. Es rüttelte, als säße man in einer Kutsche, und wie bei Seegang musste man die Schritte eckig setzen. In den Teegläsern sprangen die Löffel. Über die Abteiltische wanderten die Flaschen wie auf okkulten Befehl.

Im Speisewagen traten diese Phänomene noch deutlicher zutage. Karbatin hielt mit beiden Händen die Soljanka fest und hätte eine dritte Hand gebraucht, um sie zu essen. Der Leibwächter aus der Toilettenschlange befand sich in der gleichen Lage, löste aber das Problem, indem er seine Suppe trank. Bekleidet war er genauso schön wie unbekleidet, das Jackett aus flaschengrünem Kaschmir, das fette Gold der Rolex hätte einen Überfall gelohnt.

Karbatin malte sich die Herrschaft aus, die er beschützen musste, und sprach Karpow auf die Neuen Russen an. Und Karpow, für den der Reichtum anderer so unvermeidlich wie der nahe Winter war, sagte, er kenne diese Spezies nur von weitem, das Berlin, in dem er spiele, sei nicht ihre Gegend. Die Leute interessierten ihn auch nicht. Karbatin hingegen, diesen unentwegt Studierenden, interessierten sie sehr wohl. Mit ihnen habe Russland eine neue Minderheit, die durch die Welt flaniere und das Russenbild bestimme.

Er schloss dem Thema eine Episode an aus dem Berliner *KaDeWe*. Dort habe er für seine Mutter ein Geschenk gesucht, und immerzu den lauten Russen folgend, sei er bis zur Feinkost hochgelangt, wo ein reicher Russe, seinem Gespür nach Jude, einen

Schwertfisch kaufte und ein armer Russe, ebenfalls ein Jude, am Ende mit dem kleinen Kopf und dem fleischlos meterlangen Schwanz abzog.

Dann geriet man in den Bann eines anderen Gastes. Ein Soldat mit steiler Tellermütze aß Kaviar aus einem Stahlgefäß. Auch die Zahnfront des Soldaten war aus Stahl, desgleichen die Gabel, die er zum Munde führte. So hörte man vor jedem Bissen die Stahlberührung von Gabel und Gefäß und gleich darauf das Aufeinandertreffen der Gabel und der Zähne.

Um sieben Uhr früh kam der Zug in Moskau an. Man hatte sich schlafend dem Winter genähert, denn die Hauptstadt überraschte mit Schnee. Er war frisch gefallen und setzte das helle Palastgrün des Belorusskaja-Bahnhofs ins schönste Licht. Eine der Wintergestalten auf dem weißen, weiten Vorplatz war Fenja Abramowna, Karbatins Mutter. Im Glauben, dass Saschenka sich aus der Masse der schwer Beladenen lösen und auf sie zustürzen würde, sah sie an dem schwarzen Pulk, unter dem nun auch der Schnee verschwand, vorbei.

Dann aber kam er schleppend angewankt wie jedermann, Karpow dicht neben ihm mit noch mehr Last. Fenja Abramowna wusste sofort, dass ihr ein Gast ins Haus stehen würde. Sie tauschte Begrüßungsküsse mit dem Sohn. Danach hieß sie den Fremden willkommen.

Sie gingen zur Twerskaja vor, um ein privates Taxi heranzuwinken. Der Fahrer musste eine gute Seele sein, den das Gepäck nicht schreckte.

Zwei Autos kamen auf sie zugefahren, fuhren aber wieder weiter. Der Fahrer des dritten zeigte einen Vogel. Erst das vierte, ein Schiguli, durften sie beladen. Am Steuer saß ein milder, alter Mann mit einem Schaufelbart. Er drängte sie, sich zu beeilen, denn die Taximafia liebte die Privatchauffeure nicht. Die Bahnhöfe samt ihren Trägern und Karren waren ihr Terrain.

Ein Expander hielt die Klappe des berstend vollen Kofferraumes fest. Die instabile Konstruktion verlangte, dass man wie auf Glatteis schlich. Man behinderte die schnelle Hauptstadt. Die Limousinen scheuchten sie mit Aufblendlicht. Die Seitenfenster rauschten herunter, Verwünschungen, hinausgeschrien oder mit der Gestik eines Armes ausgeführt.

Der Alte war Professor für Sanskrit. Er lächelte und blieb in seiner Spur. Das graugelbe Viereck seines Bartes bedeckte wie ein Binsendach die Brust. Karbatin ergötzte sich an seinem Starrsinn, und Karpow war wieder schuldbewusst. So gelangte man zur Pogowischnikow-Gasse im alten Weberviertel, in dem auch Tolstois Holzhaus stand.

Die Karbatinsche Wohnung war halb Warenlager und halb weiches Nest. Gleich im Flur fabrikneu gebündelte Tapetenleisten, ganze Sätze emaillierter Schüsseln, zwischen denen noch die Trennpapiere steckten, Schuhe in extremen Größen und andere Dinge mehr, deren eigener Bedarf sich nicht erklärte.

Fenja Abramowna schien Restposten aufzukaufen, um sie bei Engpässen wieder loszuschlagen. Offensichtlich war sie noch dem alten Tauschgeflecht verhaftet, jener Güterbewegung am unteren Ende der russischen Schattenwirtschaft, als man noch Keilriemen für Kinderstiefel gab, ein Grammophon für ein Toilettenbecken und zwei Autofelgen einen Wasserkasten brachten.

Für Fenja Abramowna war das Neue Russland nur ein Irrlicht. Sie blieb auf Not gefasst, denn gute Zeiten waren flüchtiger als schlechte. Wie jede alte Frau war sie vom Virus des Sammelns und Hortens befallen. Als Verwerterin von allem, was der Alltag abwarf, schätzte sie das Neue Russland allerdings, da sich mit seiner Warenfülle die gleiche Fülle attraktivsten Mülls verband. Von diesem und diesem allein war sie besessen.

Sie liebte Plastikbecher, ineinandergesteckt bildeten sie hohe, sich wieder neigende Türme, die schönen Quarkgefäße, quadratisch, auswaschbar, zur breitesten Verwendung. Einige waren markiert mit energischer Schrift, botanische Abkürzungen und jedes Mal die Silbe »Usp«, die für Uspenskoje stand, den Siedlungsnamen ihrer Datscha. Sie dienten offenbar der Einsaat irgendwelcher Pflanzen, die sie später dann pikierte. Es gab auch eine Unzahl weißer

Plastiklöffel, in deren Mulde sich die Silbe »Usp« wie ein Kommando las.

Die Wohnung war nicht eben klein für zwei Personen. Während das Zimmer Karbatins, das mit Schreibtisch, Bücherregalen, die über drei Wände liefen, und einem mönchisch schmalen Bett eindeutig das Refugium eines Kopfarbeiters war, entbehrten die übrigen Zimmer, was ihre Nutzung betraf, jeglicher Klarheit. Es waren wild möblierte Salons voller Schlafrequisiten, auf den Kommoden sich bauschende Federbetten, Ersatzmatratzen lehnten hinter vorgerückten Schränken, keine Ritze, die nicht ein kleingedrücktes Kissen stopfte.

Jeder Raum empfahl sich als warmes Asyl. In jedem hätte man familienweise biwakieren können. Fenja Abramowna lebte, als gelte noch der Kodex des Zusammenrückens, als in den Küchen noch fünf Tische standen, weil fünf Parteien sich die Wohnung teilten. Und nun war sie enttäuscht, dass Karpow schon am Abend weiterreisen würde und das Nachtquartier ausschlug.

Man setzte sich zum Frühstück in die Küche. Der Tisch war vorgedeckt. Nur für den unangekündigten Gast fehlten noch Tasse und Teller. Fenja Abramowna trug Hafergrütze auf, Kraut- und Fleischpiroggen, Weißkäse, Dickmilch und wachsweiche Eier. Konfitüren süßten den Tee. Karbatin sah beglückt zu seiner Mutter und stolzerfüllt zu Karpow hin, dem Zeugen seines Wohlergehens. Er biss in die Piroggen und lobte sie, noch während er sie kaute. Keine Frau in Moskau backe ihresgleichen, selbst die Hafergrütze gerate nur aus ihrer Hand.

So redete er los, damit sie lachte und ihn in die Seite stieß. Die Eintracht zwischen Söhnen und ihren wunderbaren Müttern nannte er ein russisches Spezifikum, gefährlich, aber schön. Und um vorwegzunehmen, was Karpow denken könnte, nannte er sich selber einen Prototypen dieser Lebensform. Der beste Ort auf Erden sei immer noch der Wickeltisch der Mutter. Nun lachte auch Familienvater Karpow. Vor ihm saß ein Mann von Ende dreißig, der noch Kind im Hause war und das auch bleiben wollte, den Streifzüge zu den Frauen führten, die er auch liebte, sofern sie ihn nicht an sich banden, da Fenja Abramowna jede überragen würde.

Auf der Fensterbank reihten sich Zehnlitergläser mit Pilzen, Gurken, allen Sorten Kohlgemüsen und Tomaten. »Wir leben aus dem Garten«, sagte Fenja Abramowna, Uspenskoje halte sie gesund. Ihn hingegen, sagte Karbatin, rege Uspenskoje nur noch auf. Luschkow, Moskaus Bürgermeister und erster Demokrat, habe sich den Wald für seine Datscha einverleibt. Er liege hinter Stacheldraht, die Dörfler knüpften jedes Schlupfloch ihrer Kinder wieder zu.

Danach tauchte Karbatin in die Kiefernwälder von Nikolina Gora ein, jenseits der Moskwa das Visavis von Uspenskoje. Dort siedelten Banditen neben den Kultureliten, die Türme ihrer Burgen über den Wipfeln ihrer Waldparzellen. Die Datscha der Tatjana Jelzina umschließe eine sechs Meter hohe Kremlmauer, feinster roter Ziegel, Pechnasen und Zinnen. Sie habe abholzen lassen wie Peter der Große. In den Wind geschlagen die Proteste der Michalkows, der Gebrüder Andron und Nikita, ihrer Nachbarresidenten, Russlands höchster Filmprominenz.

Karbatin sprach von einem Pandämonium des Kapitals, von Gesindel, das sich in Gold aufwiegen lasse, von Scheichtümern in lächerlichsten Stilmixturen, Waffenhändlern in bojarischen Kastellen mit grünen Butzen. Reitpfade durchschnitten die Wälder der neuen Oligarchen, frühmorgens die Töchter beim englischen Trab die Hintern hebend auf den schönsten Pferden. Die Dörfler stritten sich um deren Dung für die geschrumpften Gärten. In Russland, sagte Karbatin, mutiere Freiheit zu Verbrechen.

Fenja Abramowna schlug ihr Messer an den Teller: »Es reicht, Saschenka! Nun lass es gut sein.« Nikolina Gora sei immerhin der Ort, an dem ein Juri Baschmet neue Kräfte sammle. Sie verehrte diesen Geiger, einen Juden aus Ossetien, für sie der neue Paganini, auch äußerlich.

»Also kehren wir zurück nach Uspenskoje«, sagte Karbatin in Karpows Richtung und zeigte auf die Pilze in den Gläsern.

»Bevor der Wald an Luschkow überging, suchten wir die Pilze vor der Tür.«

Jetzt fahre man die fernsten Wälder an. Die alten Mütter ließe man im Auto sitzen, damit es nicht gestohlen werde. Und tauche jemand auf, der ihnen nicht geheuer sei, alarmierten sie die mit den Körben Ausgeschwärmten, indem sie auf die Hupe drückten. Nach diesem Abgesang auf die geraubten Wälder schlug Karbatin dem neuen Freund einen Gang durch Moskau vor.

Für Karpow bestand die Hauptstadt nur aus Kopfbahnhöfen, an dem einen kam er an, von einem anderen fuhr er ab. Sie war als Zwischenort in Kauf zu nehmen. Die Gefühle waren anderswo. Moskau hatte ihn nie fesseln können. Kam er aus dem Kaukasus, und vor ihm lag ein Vierteljahr Berlin, hatte er ein schweres Herz. Und kam er aus Berlin gereist, und nur zwei Nächte und ein Tag trennten ihn noch von zu Hause, band die Wiedersehensfreude seine Sinne. So wie jetzt, wo er mit Karbatin auf der Twerskaja Richtung Kreml promenierte und nichts anderes genoss, als die Hände frei zu haben und das Gepäck in Sicherheit zu wissen.

Die Luxusgüter in den Fenstern lagen jenseits seines Horizontes. Während Karbatin ein Kettenhemd für hunderttausend Rubel noch als Vorzeichen für die Sintflut nahm, war das Hemd für Karpow schon ein außerirdisches Gespinst. Es empörte ihn so wenig wie die Lichtverschwendung des Polarsterns. Eigens zum Schutz dieser Güter hatte Moskau eine neue Wächterrasse hervorgebracht, stämmig, rundköpfig und geschoren, das Furchterregende, das ihnen Lohn und Brot gab, fast schon überzeichnend. Ihre Brüder waren die Chauffeure, ebensolche Männerbatzen. Die Sonderklassen, die sie lenkten, räumten alles weg wie Schnee.

Das Hotel *Minsk* war noch in alter Hässlichkeit belassen, ein kartonfarbener Kasten, sowjetisch noch bis zur Robustheit seiner Frauen an der Rezeption. Karpow kannte eine Telefonistin des Hotels. Lena Kukschina gehörte zur jakutischen Verwandtschaft seiner Frau. Er hätte sie schon tausendmal aufsuchen und grüßen sollen. Es hatte aber nie gepasst. Nun ergab sich die Gelegenheit. Und Karbatin, immer für ein Abenteuer gut, folgte ihm im Hüpfschritt durch die Schwingtür.

Es war Mittag. Lena Kukschina hatte Pause und befand sich außer Haus. Die Freunde warteten im Frühstücksraum. Er unterschied sich kaum von einer Werkskantine, nur dass die Mehrzahl der männlichen Gäste noch in Schlafanzügen steckte, auch etliche Vertreter asiatischer Stämme aus dem früheren Imperium.

Alle saßen zum Fernseher ausgerichtet, der auf einem Eckbrett unterhalb der Decke stand. Es liefen Sketche in hauptstädtisch schnellem Schlagabtausch. Jeder lachte, ob nun Usbeke, Tadschike oder Russe. Man hatte sich die Würstchen vorgeschnitten, um sie mit dem Kaschabrei zu löffeln.

Die Handhabung von Messer und Gabel, sagte Karbatin, falle hierzulande schwer. »Wir sind ein Volk der Suppen und Grützen und tauchen unsere Löffel ein.« Der einfache Mann sei findig genug, einem Floh ein Hufeisen aufzuschlagen, aber er scheitere am Essbesteck.

Eine missgelaunte Angestellte räumte das Geschirr im Eimer fort, warf den nassen Lappen auf die Tische und wischte um die aufgestützten Ellenbogen. Sie war die Verkörperung dieses einfachen Hotels. Für Karbatins Empfinden war sie unheilbar sowjetisch deformiert.

Dafür versöhnte ihn die blonde Küchenkraft am Tresen, die mit der Gurkenzange nach den blassen Würstchen griff. Das Dekolleté war für diese Tätigkeit, zumal am hellen Mittag, unangemessen tief. Der Dunst des Siedewassers lag in Perlen auf der Brust. Doch sie war nicht mehr lange jung. Die Zeit raste, und sie wollte die Blicke.

Lena Kukschina war das krasse Gegenteil von ihr, ein vergessenes Mädchen, das die Männer nicht lockte, wahrscheinlich auch nie hatte locken wollen. Ohne Überraschungslaut ging sie auf Karpow zu, als sehe sie ihn jeden Tag. Sie als Brünette zu bezeichnen wäre zu pompös gewesen, denn das braune Haar hatte sie verschenkt in einer umstandslosen Steckfrisur. Und ihre Kleidung diente nur dem Zweck, den Körper zu bedecken. Sie wirkte insgesamt ergraut und eingemottet.

Zum Austausch verwandtschaftlicher Neuigkeiten bat sie die Besucher in die Telefonkabine. Der erste Eindruck war der eines wohnlich dekorierten Arbeitsplatzes, wie man ihn allenthalben antraf. Statt spielender Kätzchen, zu Tisch sitzender Affen und anderer dem Gemüt zuträglichen Motive waren es hier Vögel. Über dem Armaturenschrank mit den Verbindungsstöpseln hing eine Weltkarte, auf der die Zugbahnen der Küstenseeschwalbe eingezeichnet waren.

Karpow hatte die Familienfotos vorgeholt, die Lena Kukschina ungerührt betrachtete. Auch die bevorstehende Hochzeit Sergejs erwärmte sie wenig. Sie hörte nur hin, erfasste aber aus dem Augenwinkel, wie sich Karbatin zur Weltkarte reckte, in die Flugrouten vertiefte und dem Zeichensystem der Brut- und Winterungsplätze folgte. Und plötzlich war die glanzlose Lena Kukschina voller Leuchtkraft. Die Wangen hatten sich gerötet. Sie schien wie wachgeküsst vom Interesse Karbatins an ihrer Vogelwelt.

Ein Hagel entlegenster Fakten ging auf ihn nieder. Die Auswirkung pleistozäner Vereisungen auf den Strichzug, die Umwege des Grönländischen Steinschmätzers und die sich teilenden Formationen der Störche am Golf von İskenderun überstieg fast schon seinen Wissensdurst. Lena Kukschina gehörte der Internationalen der Avifaunisten an. Nach einer Stunde ließ man sie glücklich zurück.

Gleich über die Straße lag das Stanislawski-Theater. Der Spielplan führte *Hundeherz* nach Bulgakow, eine Wissenschaftsgroteske, in der ein Medizinprofessor einen Straßenhund auf chirurgischem Wege in einen Genossen verwandelt, den Hund am Ende aber wieder auferstehen lässt, weil er ihm angenehmer war als der Neue Mensch. Karbatin liebte dieses Stück. Er liebte auch die Straßenhunde Moskaus und hasste ihretwegen noch einmal mehr die Allmacht Luschkows, der sie fangen und töten ließ.

Da die Kälte eingesetzt hatte und weit und breit kein Hund zu sehen war, erinnerte sich Karbatin eines schönen, winterlichen Brauches der Theaterleute. Er hoffte, dass der Brauch noch immer fortbestand, und zog Karpow durch ein Labyrinth von Höfen bis zum Bühneneingang, wo seine Hoffnung sich erfüllte. Auf den Steinstufen waren wieder Pappen ausgelegt, auf denen Straßenhunde lagerten.

Am Puschkin-Denkmal war der Schnee noch kaum zertreten. Die Sonne schien, und das nadelige Glitzern blendete. Im Gegenlicht die Silhouette einer Frau in schwingendem, kniekurzem Mantel, zwei Drittel der Gestalt bestand aus Beinen. Karbatin erwartete schon halb betört ihr Näherkommen.

Es war eine Schönheit im Nerz mit schmollendem Mund. »Die Prinzessinnen von Moskau«, sagte er zu Karpow, »haben immer schon geschmollt, schmollend die Männer bezwungen.« Um sie auszuführen, habe man Kredite aufgenommen. »Als andere nach Milch und Brot anstanden, saßen sie im Sessel und feilten sich die Nägel. Sie existierten wie die Blumen, ernährt und gegossen.« Kurzum, ihr Schmollen vergälle ihm die Schönheit. Karpow pflichtete ihm bei, auch wenn derlei Sorgen nie die seinen waren.

Vor dem Kaufmannspalast der Jelissejews wurde Karbatin am Arm gepackt. Es war Papi Titow, in der alten Zeit berühmt für seine Bestarbeiter und Traktoristen auf der Bühne. Jetzt stand er da, nur noch die Hälfte seiner selbst, alt und eingesunken mit dem Bärtchen eines Csárdás-Geigers und rief: »Sascha, guter Jude, dich gibt es noch, wie schön! Das U-Bahn-Fahren ist so trist geworden, die jüdischen Gesichter fehlen.«

Karbatin umarmte ihn. »Papi, guter Papi, wie geht es dir?«

»Mir geht es schlecht, bin viel zu dünn geworden, vor zwei Jahren meine letzte Rolle.«

»Wo, Papi?«, fragte Karbatin den einstigen Heroen. »Und was hast du gespielt?«

»Väterchen Frost im Kaufhaus Gum, ich hatte damals noch Statur.«

Es wurde langsam dunkel. In den Neonröhren fing es an zu zucken. Dann war es hell auf einen Schlag. Leuchtbänder liefen die Häuser entlang, als bestünden sie aus einem Block. Über den Giebeln, wandernd und wiederkehrend, die Lichtbekundungen der Warenwelt und in den Erdgeschossen die Punktstrahler der Boutiquen. Der kranke Papi Titow blühte auf in all dem Licht wie frisch genesen. Sie setzten jetzt zu dritt die Promenade fort.

Vor ihnen ging ein Mönch, der eine Estée-Lauder-Tüte trug. Seine Schulterblätter drückten durch die leichte Mönchsmontur. Papi Titow, als Bühnenmensch geschärft für körperlich gesetzte Pointen und Akzente, nahm sein verwischtes Hinken wahr. Unwillkürlich blickte man zu seinen Füßen. Der Mönch hatte Löcher in den Strümpfen. Die schlechten Schuhe hielten seine Fersen nicht. In Höhe des *Hotel National* verließ er den Passantenstrom, um den Türsteher zu begrüßen, einen jungen Mann, der seinetwegen den Zylinder zog.

Ihr kurzer Austausch bestand aus einer schnellen Einigung. Der Türsteher hob die Mantelstulpe an, sah auf seine Armbanduhr und nickte, worauf der Mönch in den Bereich der Drehtür huschte. Dort bot er, ohne seine Tüte abzustellen, klösterliche Chorgesänge auf Kassetten feil. Er schien darauf gefasst, verscheucht zu werden. Von vorne sah er doppelt elend aus, fast schon gegeißelt, dünnhalsig, totenbleich, durch das schwarze, kraftlos lange Haar schimmerten die Ohren. Die Bruderschaft, deren Gesänge er verkaufte, sah wohler aus. Das Kassettenfoto zeigte gut genährte Bässe, Baritone und Tenöre mit gekämmten Bärten, im Hintergrund die Sommerblüte eines Klostergartens und ein blitzend weißes Kirchlein.

»Und diesen armen Teufel«, sagte Karbatin, »lassen sie durch Moskau hinken.«

Karpow fand den Mönch beklagenswert, weil er mit unbedecktem Kopf dem Winter trotzte. Sein Mitleid erfasste auch den Tatbestand, dass er dem Chor nicht angehörte. »Wenn ich auf der Straße friere, friere ich bei eigener Musik.«

Das alles scherte Papi Titow wenig. Für ihn, den Atheisten, war der Mönch nichts als ein abgefeimtes Mannequin des frommen Russland.

Für den Kreml schien der Himmel selbst die Lichtregie zu führen. Um die Heiligtümer innerhalb der Mauern lag ein nach oben unbegrenzter heller Schein. Karpows Reserviertheit gegenüber Moskau schmolz dahin. Die Hauptstadt seines Heimatlandes mochte noch so außer Rand und Band geraten sein, die Gangster stimulieren und jeden braven Russen ängstigen, hier hatte sie das Recht, ihn einzuschüchtern. So dachte er, als Karbatin die ganze Andacht aber schon zunichte machte, indem er auf sechs Männer zeigte.

Sie standen aufgereiht wie leichte Mädchen vor der alten Stadtduma. Zwei trugen das Stirnmal Gorbatschows. Bei dem einen hatte es die Form der Insel Sachalin, bei dem anderen die eines glatten, langen Tropfens. Ein Hüne sah wie Jelzin aus, ein Alter, so man guten Willens war, wie Breschnew, dem er sich offensichtlich nahe dünkte durch das Gewölle seiner Augenbrauen. Zwei hatten eine Leninglatze und reckten ihren Kinnbart vor, der eine kleinwüchsig, der andere nur klein. Sie konkurrierten um Touristen.

Ein anrückender Trupp schwarzgekleideter Japaner sorgte für Bewegung in der Galerie der Doppelgänger. Die beiden Gorbatschows lächelten und nickten, damit man ihre Flecken besser sah. Der Hüne spielte Jelzins Liebe für den Wodka aus und begann zu schwanken. Der Alte hob und senkte seine Brauenbögen, während sich die Leninfiguranten schon um das Gruppenfoto der Japaner stritten. Der Kleinwüchsige sprang dann aus der Reihe und vollführte Tänze, um den Mitbewerber auszuschalten.

Papi Titow mochte seinen Auftritt nicht. Er sprach im Namen dessen, der im angestrahlten Mausoleum ruhte, von Blasphemie. »Wladimir Iljitsch war klein, aber er war kein quirliger Zwerg.«

»Dafür ist Breschnew gut getroffen«, sagte Karbatin. Der karnevalsköpfige Alte gefalle ihm.

Karpow erreichte das Spektakel nicht mehr. In vier Stunden ging sein Zug. Er hatte schon die Kommentare über sein Gepäck im Ohr.

Der Kursker Bahnhof war eingerüstet. Die Zeit, da er den obdachlosen Trinkern als Wärmestube und Kaschemme diente, da die Vielzahl der zerlumpten Wattejacken glauben machte, alle seien hier in Lumpen, war vorbei. Karpow sah den alten Kachelgang noch vor sich, den flüssigen, aus Abfällen geflochtenen Zopf, der ständig nachwuchs und durch die Mitte drückte, längs der Wände die vollends Betäubten und eben Weggesackten, die noch fluchten. Er erinnerte sich der Gerüche von Blut und sonstigen Menschensäften.

Jetzt war derselbe Kachelgang wie eine Apotheke weiß und sauber. Der Treffpunkt des Gelichters, als der er einmal galt, war sozusagen ausgeräuchert. Karpow fand sich in Begleitung Karbatins, der ohne Not den Kursker Bahnhof nie betreten hätte. Er kannte ihn nur von alten, zittrig verschneiten Filmsequenzen, die Tolstoi zeigten, als er mit Kutsche aus der Ankunftshalle fuhr und das Volk von Moskau ihn empfing, als sei er Jesus beim Einzug in Jerusalem.

An einem Kiosk außerhalb des Bahnhofs kaufte Karbatin ein Witzblatt zur Kurzweil Karpows für die lange Reise. Der Kiosk war ein durch Eisengitter hochgesichertes Gehäuse. In der Tiefe dieses Käfigs das Lächeln der Verkäuferin. Die Luke, durch die sie ihre Ware reichte, war nicht größer als ein Schuhkarton. Für Karbatin, den ruhelosen Frauenfreund, war sie jedoch nicht klein genug, um nicht den Kopf hindurchzuzwängen. Er gab sich erst zufrieden, als seine Kinnlade auf dem Zahlteller lag.

Vor einem Bauzaun, in einem Halbkreis aus geschipptem Schnee, standen Frauen mit Schildern vor der Brust. Rentnerinnen offenbar, sofern man sich nicht täuschte in ihrer dicken, konturenlosen Winterkleidung. Sie boten Zimmer an, auch solche für Stunden. Ihre liebsten Mieter waren die Kaukasier. Sie saßen in den Autos, die langsam um den Bahnhofsvorplatz kreisten, auf der Rückbank eingekeilt ein Mädchen. Karbatin hörte sie verhandeln. Die Kopfzahl der Insassen entschied den Zimmerpreis.

Jenseits des Bauzauns fing die bewachte Zone an. Milizen patrouillierten. Sie hielten jeden fern, der nicht verreiste. Ein Kasache mit bestickter Mütze und besticktem langen Mantel trieb zwei Ziegen durch die Sperre zu den Vorortzügen.

Die Schalterhalle, die Karpow als Inferno im Gedächtnis hatte, laut wie Kairo, pro Reisender fünf Diebe, war bis auf eine Ecke, wo eine Alte für sich und ihren Hund ein Lager baute, leer gefegt. Nach der Bedachtsamkeit, mit der sie ihre Bündel schichtete, und danach, wie der Hund frohlockte in Erwartung seines Bettes, hatte sie hier Sonderrechte. Einerseits begrüßte man die rigorose Ordnungspolitik, die den

Ruf des Bahnhofs aufpolierte, fand es aber andererseits auch herzerwärmend, dass irgendwo noch ein Rest Gnade walten durfte.

Die alte Pracht der Wartesäle war wiederhergestellt. Sie vereinte die gesamte Ornamentik des feudalen Abendlandes. Karbatin sprach von einem Rauschen durch die Neostile.

Es gab den Tympanon genannten flachen Dreiecksgiebel über bildgefüllten Wandkassetten; über blinden Türen einen Portikus; barocke Deckenmalerei, in der die Himmelsbläue über einer milden Landschaft durch die Wolken sticht, von korinthischem Akanthus eingefasst; goldene Fruchtzöpfe, Medaillons, Pilaster mit Fuß und Kapitell, von Rokoko-Gespinsten überwuchert. In teichgrünen und bernsteingelben Marmorböden spiegelten sich die Lüster. Hinter romanischen Arkadenfenstern kam ein Zug zum Stehen.

Es gab keine Bänke mehr, um sich darauf auszustrecken, stattdessen eingeschraubte Stahlrohrstühle. Karpow hatte ganze Tage hier im Halbschlaf liegend sein Gepäck bewacht. Mit diesem Biwakieren war jetzt Schluss. Man saß gesittet wie in einer Kirche.

Um 23 Uhr war Abfahrtszeit. Karpow und Karbatin tauchten in das heillose Durcheinander des Bahnsteigs ein. Das ewig gleiche Vorprogramm des Reisens war im Gange, jeder suchte jeden, der eine irrte noch den Zug entlang, der andere saß schon im Coupé und klopfte aufgeregt nach draußen. Es fügte sich, als habe Karbatin den Dienstplan aufgestellt, dass die schönste aller Schaffnerinnen vor Karpows Liegewagen stand.

»Guten Abend, ich bin Sweta«, sagte sie, das hart gekniffte Schiffchen tief in ihrer Stirn, der dunkelblaue Schaffnermantel von korrektem Sitz wie der Mantel eines Admirals.

Sie war frisch und ausgeschlafen wie ein Kind, die Lippen rot, die Lider grün, das Rouge auf ihren Wangen etwas bäuerlich und apfelhaft plaziert. Und gerade dieses Unschuldsvolle berührte Karbatin. Er neide ihm die Reise, sagte er zu Karpow, die vielen Stunden unter einem Dach mit der entzückenden Soldatin. Beim letzten Händedruck, Karpow stand schon auf dem Trittbrett, lud er Karbatin zur Hochzeit ein. »Im Kaukasus«, versprach er, »sind alle Mädchen so wie Sweta.«

Das Winken entfiel, da die Fenster nicht zu öffnen waren, und man behalf sich mit anderen, allerletzten Abschiedsgesten. Die einzelne Frau in Karpows Abteil schlug mit den Fingernägeln an die Scheibe. Sie teilte sich die Fensterfläche mit zwei Männern, von denen der eine Herzen malte auf das trübe Glas, der zweite pantomimisch in ein Telefon hineinsprach. Eine Durchsage wies darauf hin, dass während der vierzig Minuten, die der Zug durch Moskau fahre, die Toiletten abgeschlossen blieben.

Im Bewusstsein der schnell vergehenden Minuten machten sich die Klugen auf den Weg mit ihren Zahnputzbechern und trafen auf die lange Schlange der noch Klügeren. Karpows Abteilgenossin fing unvermittelt einen Monolog über Fleischpreise an. Als Geschichtslehrerin im Kommunismus habe sie für ihr Gehalt Sechsundsechzig Kilo kaufen können, jetzt reiche es gerade noch für fünfzehn Kilo.

»Wem sagen Sie das!«, so Karpows mattes Echo. Er war müde und angestrengt vom Tag mit Karbatin und wollte keinen Austausch mehr, am allerwenigsten die alte Leier über jetzt und früher.

Die Frau war Mitte, Ende fünfzig, eine hellwache Streiterin, Empörung schien ihr Lebensstoff zu sein. Ohne Übergang sprang sie vom Thema Fleisch zu Churchill, der England seinerzeit verboten habe, Devisen auszuführen. Nur die Russen deponierten alles außer Landes. Dann wurden die Toiletten freigegeben, und sie rückte auf.

Karpow lag auf der Pritsche oben rechts, die Lehrerin links unten auf der Sitzbank. Er hatte sich gleich zur Wand gedreht, während sie noch las. Beim ersten Halt, nach einer guten Stunde Fahrt, schlief sie noch immer nicht.

»Wir sind in Tula«, sagte sie in die Stille des Abteils. »In Tula stieg Tolstoi von seiner Kutsche in den Zug nach Moskau um.« Nicht weit von hier befinde sich sein Landsitz. »In Tula«, fuhr sie fort, »war Lew

Nikolajewitsch in jungen Jahren Kanzleiangestellter Erster Klasse.«

Solange dieser Brunnen nicht versiegen würde, graute Karpow vor der Reise. Inzwischen waren alle wach. Zwei knipsten ihre Lämpchen an. Sie hingegen knipste ihres aus, denn früh um sieben hole sie in Belgorod ihr Bruder ab. Als der Zug anruckte, fügte sie, als Postskriptum sozusagen, noch hinzu, dass Russlands schönste Samoware aus Tula stammten, und wünschte allseits eine ungestörte Nacht. Karpow hielt sie für verrückt.

Der Morgen war schon voller Geräusche. Belgorod hatte die Geschichtslehrerin aufgenommen und Händlerinnen und magere Hunde zum Bahnhof geschickt. Die Händlerinnen riefen Limonaden aus. Sie setzten auf den Durst nach einer Wodkanacht. Die Hunde, in Vorfreude auf einen Happen, hatten schon die Ohren abgesenkt. Sie saßen bei den Müll-Amphoren, deren gusseiserne Eleganz überall in Russland zum Bahnhofsmeublement gehört.

Dicht vor den Gleisen zwei Geistesschwache in glücklicher Wahrnehmung des sie umgebenden Lebens, der jüngere mit schlaff hängender Hand, der ältere mit staunend geöffnetem Mund und dem leeren Gaumen eines Neugeborenen. Karpow kannte sie. Sie standen immer an den Moskau-Zügen.

Es schneite. Belgorod zog vorüber. Was es auch an Schönem hätte präsentieren können, es lag nicht an der Strecke. Die hellen Steinberge der Neubaublöcke waren den Datschen auf den Leib gerückt, hatten sie der Ländlichkeit beraubt. Die Holzhäuser waren jetzt Bestandteil der Barackenvorstadt.

Die ersten Männer kamen nassgekämmt aus der Toilette. Auch Karpow kehrte schon mit steilem Wasserscheitel in sein Abteil zurück. Ein geschorener Kaukasier mit bläulich schimmerndem Kopf rasierte sich im Gang, die Wange von innen mit der Zunge stützend. Er hatte einen Spiegel, der durch einen kleinen Saugfuß auf jeder Fläche haftete. Sobald die Schlange sich bewegte, riss er ihn ab, um ihn zwei Schritte weiter wieder anzudrücken.

Er war schon für den Tag gekleidet, die Russen noch im Nachtzeug, ihre Frauen in graurosa Morgenröcken, einige mit wirrem Haar, als habe es eine Heugabel aufgeworfen. Alles, was dem Erwachen folgte, war unumgänglich familiär.

Sweta hatte Zahnweh und hielt sich die Wange. Das Gesicht glühte und war schief vor Schmerz. Sie gab im Trainingsanzug das Teewasser aus. Der Samowar, ein rund um die Uhr kochender Kasten, war neben ihrer Koje installiert. In einer Kurve rollte ihre Tür zur Seite, sodass man ihr zerwühltes schmales Bett sah. Karpow stand mit Reisebecher und Beuteltee vor dem gequälten Mädchen und schob in einem Kavaliersreflex die Tür ins Schloss zurück.

Es war heiß in den Abteilen. Wer eine Weile auf dem Gang gestanden hatte, den fiel die Hitze an wie ein Betäubungsmittel. Doch wer ihr ganz und gar entfliehen wollte, der musste auf die Plattform zu den Rauchern, ein auf seine Art wenig erquicklicher Aufenthalt in purer, direkter Kälte; geschüttelt, als stünde man auf einem Leiterwagen, ohne Licht in der sich dehnenden und wieder faltenden Harmonika zwischen den Waggons, unter den Füßen die schiebenden Eisenplatten und der Durchblick auf rasenden Schotter.

Die Scheiben waren getönt wie bei einer Limousine, doch es war Schmutz. Dörfer flogen vorbei, das brettergefügte Russland in seinen traulichen, armseligen und stabilen Varianten, Spielzeughäuser, schöne Fensterordnungen, geschnitzte Firste, Vordächer über geschichtetem Brennholz, eingeknickte Schuppen, Hütten mit Lumpenwülsten um die Türen, aus Baumstämmen gestapelte Katen, flach wie Flöße, Zäune aus Rutengeflecht, Lattenzäune, kleine Gärten, einzelne, den Schnee überragende Kohlstrünke.

Fern jeder Menschensiedlung ging eine Gestalt im wegelosen Schnee. Sie zog einen Schlitten, auf dem eine Kanne stand. Vielleicht kam sie vom Melken oder war erst unterwegs zu dieser Kuh. Doch auch im Weiterfahren, die Gestalt war längst nicht mehr im Blick, sah man weder Haus noch Stall, nur unbewohnte Winterlandschaft.

Im Vorgeschmack des Frühstücks fuhr man in die Ukraine ein. Man räumte die Klapptische frei, das immerwährende Picknick auf der Sitzbank konnte seinen Anfang nehmen. Würste wurden ausgepackt, Brot in dicken Riegeln vorgeschnitten. Die Gurken schaukelten in ihrer Lake. Die dünnen Teeglashülsen zitterten. Und bald sah man wieder Datschen eine Stadt ankündigen; die Geschwindigkeit ließ nach, und schon hielt der Zug Punkt neun in Charkow, wo ein händlerischer Ansturm alle bahnhofseigenen Geräusche schluckte.

Die Händler waren flehentlicher als die an russischen Stationen. Für sie kam dieser Zug aus dem Gelobten Land. Und nun begaben sich die Glücklichen aus diesem Zug herab zu ihnen, den Ukrainern, auf den gefegten und daher glatten Bahnsteig, um sich das Frühstück noch zu komplettieren. Was man in der Nacht gebacken hatte, hielt man ihnen an die Nase, Piroggen mit Kraut, Ei oder Fleisch, Quarkkuchen und anderes mehr. Die Aufzählung geriet zum Bittgesang. Ein alter Mann fächelte mit stocksteifen großen Fischen, ließ sie prüfen und betasten, gab sie aus der Hand und nahm sie, wenn der Handel nicht zustande kam, wie ein Schicksal wieder an. Die Frauen kämpften mehr, hatten Inbrunst, notfalls Tränen. Sie raschelten mit kleineren, auf Draht gefädelten Trockenfischen, an denen zwischen Kopf und Schwanz nicht viel zu pflücken war, und empfahlen sie als Zeitvertreib zum Bier. Andere suggerierten schon den nahen Mittag und den nicht mehr allzu fernen Abend mit Bratgeflügel.

Sweta hatte sich in ihre Uniform gezwungen und lachte etwas mühsam mit den Zöllnern. Neben ihr stand ihre Mutter Olga. Sie war Schaffnerin im selben Zug, war es schon seit zweiundzwanzig Jahren, als sie noch mit Sweta schwanger ging, und fühlte sich, obwohl sie zweimal in der Woche fünf Stunden Aufenthalt in Moskau hatte, noch immer außerstande, einen Fuß in diese Stadt zu setzen. Sie schreckte aus dem Schlaf, wenn sie in Kislowodsk in ihrem Bett zu Hause lag, und fragte Sweta, mit der sie sich das Zimmer teilte: »Warum steht der Zug?«

Von diesen Befindlichkeiten hatte sie Karpow, Dauergast auf ihrer Strecke, in einer Nacht erzählt. Sie kannte ihn schon, als er noch Kolenko hieß, war schon Kurierin seiner Post gewesen, einmal sogar Empfängerin eines Lederrockes, seiner Gegengabe für drei in ihrer Koje abgestellte Taschen. Gerade stieg er mit Pantoffeln, in ihre Richtung grüßend, aus dem Zug. Er deckte sich mit Äpfeln ein. Sie enthielten Phosphor, das dem Gehirn zugute kam. Alles andere hatte er bei Aldi in Berlin gekauft.

Karpow achtete auf die Figur, sein Körper war in Schuss. Wenn man unten auf der Sitzbank prasste, lag er auf seiner Pritsche oben und las *Die Wiedergeburt des Adonis*. Auch nach dreiundzwanzig Jahren würde er als wohlgestalter Bräutigam seine Galitschka umarmen können.

Galina hatte Sergejs Hochzeit bis ins Kleinste vorbereitet, die Konservenfabrik von Jessentuki stellte die Kantine zur Verfügung. Die Teppiche durften tags zuvor schon angenagelt werden, hatte sie am Telefon gesagt, und Loscha schwinge schon den Pinsel für die Hochzeitssprüche. Loscha, Bewacher des Schwimmbassins im Sanatorium *Kasachstan*, war zart wie eine Libelle, trank wie ein Holzfäller und tanzte wie ein Derwisch. Karpow sah den guten Jungen vor sich, wie er sich mühte, die alten Sprüche auf Karton zu malen.

»Auf den Storch ist kein Verlass, tu selber was!« – »Wir bitten beide Schwiegermütter, das Blut des jungen Paares nicht zu vergiften!« – »Ein Nüchterner auf einer Hochzeit ist immer ein Spion!« – »Soviel Bäume im Wald, soviel Söhne für euch!« und so fort.

Die Animateurin mit den Babypuppen war engagiert. Drei junge Männer, darunter auch Sergej, der Bräutigam, würden sich im Wickeln einen Wettkampf liefern, das Gelächter der Mütter war Bestandteil des Programms. Die Reihenfolge musste stimmen, zuerst die Windel, dann das Höschen, danach die Strümpfchen, das Hemdchen und das Jäckchen, zuletzt das Mützchen. Wer mit dem Mützchen anfing, hatte verloren, doch dafür den Applaus. Galina Alexandrowna hatte die Zusage von drei Autobesitzern. Der BMW-Fahrer, der das Hochzeitspaar chauffieren würde, sei Geschäftsführer einer finnischen Filiale, sie wisse nicht, wofür. Er gebe sich als strammer Neuer Russe, sei letztlich aber weich.

Es gab auch Unerfreuliches. Karpows Mutter war gestürzt. Sie sei verstört seitdem, behalte nachts das Kopftuch an, lasse Pipo aus dem Käfig fliegen, überall der Vogelschiss und dazu ihr Gelächter. Sie bestehe auf dem Abwasch, den man wiederholen müsse, wenn sie schlafe. Auch über Maria Petrowna, der Schwester seiner Mutter, ballten sich nur schwarze Wolken. Sie war aus Prochladny schon zur Hochzeit angereist, der Sohn, ein Säufer, habe sich ihr Zimmer einverleibt. Ihr drohte jetzt das Heim.

Karpow hatte die Wohnung vor Augen; sie war ausgereizt bis auf den letzten Winkel, die Mutter, vorübergehend auch die Tante; Natascha, die Schwiegertochter, käme hinzu, in fünf Monaten ihr Kind, auf das sich alle freuten; das frischvermählte Paar musste einen Rückzug haben, Juri und Witali, wo schliefen sie, und wo war er mit seiner Galitschka alleine?

Man würde es regeln, das Schöne überwog. Juri und Witali waren aufgetreten im Sanatorium *Stavropol*. Der Chor der Musikschule von Jessentuki hatte einen Preis gewonnen. Das Fernsehen war dabei. Und

Sergej war aus der Armee entlassen. Die Sorge, er würde nach Tschetschenien eingezogen, wo nur die Söhne der Armen dienten, war damit aus der Welt. Man hätte zehn Millionen Rubel haben müssen, um ihn freizukaufen. Inzwischen war er Bademeister im Sanatorium *Russland* bei den Veteranen der Arbeit und des Großen Vaterländischen Krieges. Dort stand auch Irinas Massagetisch. Sie schaffte achtzehn Personen in acht Stunden und dachte an den Sowjetstützpunkt bei Bad Saarow-Pieskow, an die stramme Klientel der sowjetischen Luftwaffe, die dort ein Sanatorium unterhalten hatte. Karbatin wäre hingerissen von ihrer losen Zunge. Sie war ein Fass ohne Boden, wenn man es nur anstach.

Dann müsste Karbatin Ludmilla kennenlernen, unter deren Hände sich die Metallurgen aus Magnitogorsk begaben. Davor waren es ZK-Mitglieder, Eiskunstläufer, auch die Mutter Gorbatschows, im Sanatorium *Moskau*, einem Haus der 4. Medizinischen Abteilung, also der ersten Kategorie. Der KGB hatte Ludmilla samt Verwandtschaft ein Jahr lang überprüft. Eine Springflut von Geschichten überrannte Karpow: der Ossete, der so schamlos stöhnte, dass ihn Ludmilla nur bei offener Kabinentür massierte; der Bürgermeister von Astrachan, der statt Trinkgeld Räucherfische gab.

Karpow würde Karbatin das Badeleben zeigen, mit ihm den Parcours der Trinkhallen aufnehmen, einen regionalen Zug mit ihm besteigen und Pjatigorsk und Kislowodsk besuchen. Die beiden Städte, deren einstige Eleganz sich der Poesie Puschkins und Lermontows verdankte, waren schon berühmt, als Jessentuki noch Kosakensiedlung war. Der Kaukasus, dieser »raue Zar der Welt«, wie Lermontow ihn nannte, empfahl sich dem seelenkranken, gebildeten Russen zur Genesung und kam dann bald in Mode, obwohl die Reise länger war und um vieles strapaziöser als die nach Baden-Baden. Puschkin vermisste 1829 »die ungesicherten Pfade, die Kellen und halbierten Flaschen«, mit denen man noch 1820, während seines ersten Aufenthaltes, das Heilwasser schöpfte. In den Säulenhallen, Grotten und gedeckten Bogengängen, auf den Brunnenpromenaden und Boulevards trafen sich Sankt Petersburg und Moskau, hohe Militärs, strafversetzte Dekabristen, blasse, zur Heirat bereite Adelstöchter und ihre furiosen Mütter. Es war dieses Personal, auf dessen Kosten der Zyniker Petschorin, Lermontows *Held unserer Zeit*, dem Weltschmerz und der Langeweile zu entfliehen suchte. In einem Romanfragment von Puschkin ist die Kutsche einer Gutsbesitzerin beschrieben, die sich mit ihrer Ältesten auf den Weg zu den kaukasischen Bädern macht: »Gestern brachte man mir den neuen Reisewagen; was für ein Wagen! ein Spielzeug, ein Schmuckstück – lauter Schubladen ... Betten, Toilettentisch, Kühlkeller, eine Reiseapotheke, Küche, Service ...«

Stanislawski fand das Wasser in Jessentuki besser als das in Vichy und Bad Nauheim, und Tolstoi ließ sich über die »durchreisenden Gesellschaftslöwinnen« aus, über die Offiziere auf den Galerien mit dem verhängnisvollen Blick und dem Geschwafel von Friseuren. Schließlich hatte Lenin diese »Wassergesellschaft« aus den Brunnenhäusern vertrieben und die Badeorte per Dekret zu Heilstätten des Proletariats erklärt.

Karpow hörte schon Ludmilla sagen: »Hier sind jetzt alle gleich, nur manche sind gleicher.« Und schon nähme sie das Beispiel der Massagegriffe, die medizinisch verordneten Wohltaten, die länger oder kürzer dauerten, je nach Patientenklasse. Sie liebte die alten balneologischen Begriffe, »Effleurage« für Streichung, »Friktion« für Reibung, »Percussion« oder »Tapotement« für Klopfung und zählte »lockernde Schüttelungen«, »zirkelnde Vibrationen« und »tonussteigernde Knetungen« auf. Kurz, das »Tapotement« beim einfachen Veteranen endete nach sieben Minuten und das bei der Nomenklatura nach einer halben Stunde.

Vor Allem gefiel Karpow die Vorstellung, dass Karbatin bei Maria Petrowna, seiner Tante, säße. Sie hätte endlich einen Menschen neben sich, der fragte, dem sie erzählen könnte, wovon sie voll war, drei Jahre Ravensbrück, von denen fünfzehn Tage fehlten, um den »Invaliden der Ersten Gruppe« zugezählt zu werden. So hatte man sie in die »Zweite Gruppe« eingestuft und alle Torturen mit 1530 Mark vergolten. Karpow liebte seine Tante mehr als seine Mutter. Das ihr zugefügte Leid verbarg sie eher wie ein Laster, als dass sie es hervorhob. Sie beschämte nie die biografisch Ungeschorenen. Sie hatte die Nummer von Ravensbrück im Kopf: 25 907, trug im Futter ihrer Jacke fünfzehn Urkunden »Für gute Arbeit« bei einer Wasserpumpstation und kochte immer noch Kartoffelschalen aus. Karpow zerriss es das Herz.

In Slowjansk stieg eine Frau zu, um Brieftaschen, Cremes und Büstenhalter zu verkaufen. Sie gehörte der Masse der Ukrainer an, deren Betriebe mit Waren statt mit Geld entlohnten. Die Schaffnerinnen gewährten gegen eine kleine Summe zwei Stationen. Die Frau ging die Abteile ab, in denen das reiche Brudervolk der Russen vesperte, hielt sich die Büstenhalter vor und bat in einem Ton, der jeden Scherz im Keim erstickte: »So nehmt doch von dem Zeug, es ist schwer zu tragen!«

Der Speisewagen war so gut wie immer leer. Die Kellnerin sah aus dem Fenster, als wäre ihr die weiße Landschaft von neuem der Betrachtung wert. Wie zur Verhöhnung ihres Müßigganges trug sie eine festlich schwarze Glitterbluse. Ihr gegenüber, in düsterer Geduld, saß der Pächter in Tolstoibluse mit Krawatte. Gastronomisch war die Strecke unergiebig.

Das Publikum, zumindest was den Alkohol betraf, war abstinent. Es fuhr zur Kur. Und was das Essen anbelangte, so versorgte man sich an den Bahnstationen der Ukraine.

Es roch nach Enten- und Hühnerfleisch und dem fauligen Samt der eingeweckten Pilze, dazu die angehäuften Gerüche der Gemütlichkeit auf überheiztem, engstem Raum. Man saß in Schlafanzügen und bequemen Trikotagen beieinander, alle in Pantoffeln. Man war in Moskau schon hineingeschlüpft. Es schmeckte, mochte der Hausarzt auch zur Mäßigung geraten haben. Ja, es schien, als wolle man die Warnung vor dem Schwelgen nur noch einmal überhören, ein letztes Mal in eine fette Entenhaut die Zähne schlagen, bevor der nächste Tag mit der Diät begann.

Karpow erkannte sie alle schon als Patienten, sah sie schon mit ihrer Schnabeltasse – bei den Weitgereisten stammte sie aus Karlsbad – in einer Brunnenhalle anstehen: die Darm- und Magenkranken in Jessentuki, seiner Heimatstadt, mit ihren alkalisch-mineralischen und alkalisch-muriatischen Säuerlingen, die mit dem kranken Herzen in Kislowodsk mit seinen erdig-sulfatischen Säuerlingen und die Rheumatiker in Pjatigorsk mit seinen Eisensäuerlingen. Es herrschte Andrang vor den Quellen, die Frauen am Zapfhahn mit den hohen weißen Mützen hatten alle Zeit der Welt. Man rückte vor in kurzen Kirchenschrittchen, nur die Veteranen des Großen

Vaterländischen Krieges, die mit ihren Ordensleisten immer Vortritt haben, missachteten die Disziplin der Warteschlange.

Schlussendlich Schlammbäder, die waren gut für alles. Saugrüssel mit Geräuschen, als schlürften sie das Mark der Erde aus, beförderten den schwarzen Brei in die Kabinen. Dickschlammpumpen drückten Nachschub in die Bottiche und nahmen die abgebadeten Schlämme wieder auf. Die Herrinnen der Schlammdomäne trugen wadenlange Hosen wie Piraten, die Arme wie im Abendhandschuh bis zum Ellenbogen schwarz. Manche unter ihnen, zumal die Schönsten, waren Biester. Es gab noch Marmorwannen aus der Zarenzeit, Tscherkessen hatten sie gemeißelt. Sie waren kleeblattförmig und ebenerdig eingelassen, inzwischen etwas rostig und porös vom Scheuersand. Karbatin würde seine Freude haben an den Prozeduren. Karpow sah ihn schon wie einen Pharao mit festen Tüchern bandagiert. Er müsste unbedingt ein Foto von ihm machen am Standbild der »Hygiene«, einer Tochter Aeskulaps. Das schönste Schlammbad hatte Jessentuki.

Man wurde träge und vom Schlingern des Waggons in Schlaf gewiegt. Das speckig körnige Kunstleder der Sitzbank bot keinen Halt, sodass der Kopf dem Nachbarn an die Schulter fiel. Die Zweiercoupés waren mit gutsituierten Ehepaaren belegt. Hier verkehrte sich das Bild des Russen, den seine Frau nur liebt, wenn er sie prügelt, in sein Gegenteil. Die Frauen gaben sich schon auf dem Weg zum Sanatorium den Beschwerden ihres Körpers hin und lagen. Sie hatten Kopfweh und diffuse neuralgische Schmerzen. Der Schnee vor den Fenstern war ihnen zu hell, die Gardinen zu dunkel. Sie schickten ihre Männer zu den Eisvorräten in der Speisewagenküche. Kaum hatten sie den kalten Beutel auf der Stirn, brauchten sie Wärme und insgesamt mehr Rücksichtnahme, sofern sie den Kurort noch lebend erreichten. Und während sie lagen, standen die Ehemänner, wachsam wie Polizisten vor dem Krankenzimmer eines Schwerverbrechers, im Pyjama auf dem Gang.

Man gelangte in wärmere Gefilde. Auf die feierlichen Schneelandschaften folgten Äcker mit kurzer, brauner Borste. Entlaubte Pappeln säumten einen unsichtbaren Fluss; Angler, auf Baumstümpfen sitzend, tranken sich die Heimat schön. Der Winter hatte die Dörfer noch nicht im Griff. Man sah Katen, die das blattlose, armdicke Geflecht der Glyzinien fast erwürgte; verlassene Bienengärten mit den aufgebockten Kästen für die Völker; vor einer Haustür eine Kuh auf ihrer Mistmatratze. Eine Frau trug ein Joch, an dem zwei Eimer hingen. Man hätte glauben können, sie habe dafür nur den Zug aus Moskau abgepasst, um dieser bäuerlichen Tätigkeit noch einmal Geltung zu verschaffen.

Am Bahnsteig in Donezk wurden Moosbeeren mit Puderzucker angeboten. Karpow lag auf seiner Pritsche und lachte über dem humoristischen Wochenblatt, das Karbatin ihm mitgegeben hatte. Die Pointen zielten meistens auf Politiker, eine von Witzen schnell angenagte Kaste. Er würde Karbatin im Sanatorium der Metallurgen unterbringen. Das Haus war gut geführt, dahinter stand Magnitogorsk, Russlands größtes Hüttenkombinat im Gebiet von Tscheljabinsk im Südural, ein zutiefst sowjetischer Ort mit allerhöchster Luftverschmutzung, der geografisch schon in Asien lag. Die Mehrzahl der Gäste kam von dort, der Rest aus dem übrigen Sibirien.

Karpow hatte vor Jahren die Bekanntschaft von Valentina Wladimirowna gemacht. Sie war Hauptbuchhalterin aller Kantinen von Magnitogorsk, hatte den Mund voller Silberzähne und hielt, das gesamte großrussisch patriotische Stahlprogramm beiseite schiebend, nur die rot emaillierten Kochtöpfe der Serie »Carmen« der Erwähnung wert. Sie war gerade in Jessentuki angekommen, hatte drei Tage im Zug gesessen, die mehr symbolischen zu Sowjetzeiten üblichen Preise, als man noch für vierundneunzig Rubel von Kamtschatka bis Georgien fliegen konnte, waren längst Legende. Damals hatte sie wie Karpow darauf warten müssen, dass sich die Vorzimmertür des Direktors öffnete, hinter der Swetlana Robertowna saß, seine Sekretärin. Karpow wollte bei ihr Lobby machen für einen Abend mit Akkordeon im Gesellschaftssaal, und die aus Magnitogorsk angereiste Hauptbuchhalterin wollte darum bitten, dass man die Heizung ihres Zimmers drosseln möge. Swetlana Robertowna liebte es, betört zu werden, und verlegte sich auch ihrerseits darauf, das Gegenüber zu betören. Ohne den Abstand einer entfernten Bühne war sie geschminkt wie eine Opernsängerin, hatte rotes, megärenhaft getürmtes Haar, trug eine Leopardenbluse und lachte, als erwehre sie sich einer Kitzelfeder. Sie saß inmitten von Geschenken, auf ihrem Schreibtisch kolossale Bonbonnieren, Rosensträuße, schnittfrisch und noch unter Cellophan betaut. Für Karbatin aus Moskau hätte sie auch ohne Rosen ein schönes Zimmer frei. Ihr wäre Karbatin eine Herzensangelegenheit.

Sie würde ihn nur ungern Oberschwester Lara überlassen, zu deren Amt die Führung durch das Haus gehörte. Lara schrieb Gedichte, erschien zum Dienst mit opulenten Hüten, prophezeite für das jeweils nächste Jahr, dass der Elbrus neu erwache und wieder Lava spucke. Sie war romantisch und belesen, noch während man das »P« von Puschkin mit den Lippen formte, fing Lara an, den *Gefangenen vom Kaukasus* zu deklamieren, oratorisch überschwänglich und in gesamter Länge.

Dann wurde Karpow abgelenkt von der Komödie zweier Eheleute, die unten auf der Sitzbank ihren Lauf nahm. Der Mann hatte in Moskau eine Melone gekauft, von der die Frau nun essen wollte. Sie beklopfte sie mit ihrem Ehering und fand, er habe schlecht gewählt, sie sei nicht reif. Er widersprach und begann nun selber, die Melone abzuklopfen. Sie sei in Ordnung, sagte er, fast überreif, und halbierte sie mit einem feingewellten Messer. Jetzt ging es um das Messer, das die Frau monierte. »Dieses gute Messer«, sagte sie, »hat Luda uns aus Finnland mitgebracht, und du nimmst es mit auf Reisen!«

Das Schwarzerdegebiet, die Kornkammer des alten Imperiums, nahm und nahm kein Ende, nur eintönige, baumlose Weite, zu dieser Jahreszeit gerade gut, um nachts daran vorbeizufahren. Doch noch war es Tag. In der nächsten Nacht würde man dafür die Schönheit Südrusslands versäumen. Am frühen Abend, nach sechzehn Stunden Ukraine, hatte man das Asowsche Meer erreicht, das aber entfernt vom Bahndamm lag und sich nicht zeigte. Die erste Stadt in Russland war Taganrog, ein Name, an den sich markante Geschehnisse knüpften: Anton Tschechow war hier geboren und Zar Alexander I. einem Attentat erlegen. Für Sweta, die Schaffnerin, verband sich Taganrog mit der Beseitigung der Essensreste.

Am Ende des Waggons stand eine eingebaute, mit Blech ausgeschlagene Kiste, die bei geschlossenem Deckel auch als Notsitz diente. Doch spätestens ab Slowjansk ließ sich der Deckel nicht mehr schließen. Und jetzt verschwand er, vollends an die Wand gedrückt, hinter gelben Entenknochen, zertrümmerten Karkassen, violetten Schlünden, ledrigen, graublauen Hühnerstelzen, zerzupften Fischen mit heilem Kopf und allem, was von Früchten übrigblieb, das meiste von Melonen. Die Flaschen horteten die Schaffnerinnen bis zum Zielbahnhof, wo sie das Pfand kassierten.

Um 19.38 Uhr, pünktlich zur Ankunftszeit in Taganrog, hatten sich die herrenlosen Hunde eingefunden. Dieser Fernzug voller Abfallsäcke war ihr wichtigster Termin. Sie bestanden nur noch aus Begeisterung und Zittern. Doch die große Feier war ihnen diesmal nicht vergönnt, denn die Müllcontainer rollten schon heran. Ihre ganze Hoffnung galt nun dem Sack, den Sweta einer Greisin übergab. Die Alte war die Zeremonienmeisterin der Meute. Sie stand mit ihrem Ehrenwort für die Sauberkeit des Bahnsteigs ein und fütterte die Freunde aus der Hand.

Die hellen Fenster der Gegenzüge flossen zu einer leuchtenden Schlange zusammen. Sweta fegte mit einem kurzstieligen Reisigbesen das Tuch, das im Gang über dem Teppich lag. Danach verschwand sie mit einem Stock, an dessen Ende ein Stumpf aus gewickelten Lumpen hing, in der Toilette. Bis Rostow musste ihr Wagen in Ordnung sein. Die Brigadeleiterin kontrollierte dort den Zug.

Für Karpow barg der Aufenthalt in Rostow ungleich Schlimmeres. Er stieg aus und ging in Richtung der Postwaggons, um Ausschau zu halten nach den langen, frisch gezimmerten Kisten, die unter dem Gepäckcode »Fracht 200« die toten Soldaten aus Tschetschenien transportierten. Sammelpunkt der Gefallenen war das Lazarett von Rostow, von wo die Kisten zu den Nachtzügen gelangten und dann in Begleitung eines Militärs an den jeweiligen Heimatort des Toten.

Karpow glaubte, eine solche Kiste erkannt zu haben, das schnelle Verladen sprach dafür. Und bevor es Tag wurde, würde sie ausgeladen worden sein. Er ging die Städte ab, die man in der Nacht durchfuhr: Kropotkin, Armawir, Newinnomyssk. Mineralnyje Wody 5.02 Uhr 6.45 Uhr Jessentuki, wo es auch noch dunkel wäre.

Sweta saß in ihrer Koje über einem Buch, einem französischen Liebesroman im Zustand höchster Zerlesenheit. Karpow lag wach und ließ die Hochzeitsgesellschaft Revue passieren: der magere Schwiegervater von Sergej in seiner rauchfarbenen, wie Kaviar glänzenden Russenbluse. Er riss die Leute mit, trank Wodka um die Wette, bis seine Lieder und Tänze in Handgemenge übergingen, während seine Frau über Kartoffeln und Krankheiten sprach. Die Frau hielt ihn sich vom Leibe, seine ehelichen Rechte ein jammervolles Dürfen ab und zu. Wjatscheslaw

Nikolajewitsch, der Kosake, würde nach dem dritten Glas betonen, ja auf sein Pferd *Kasbek* schwören, das keiner je gesehen hatte, dass er ein Enkel Stolypins sei, des Reformers unter Nikolaus II. Über seinen Trinksprüchen, dass die Erde den Toten weich sein möge, dass nur Gesundheit zähle, da man sich alles andere kaufen könne, dass die Liebe dauern möge, auch wenn es hagelte und stürmte, und dergleichen mehr, verginge eine gute halbe Stunde. Er sah seine tapfere Tante, Maria Petrowna, mit ihrer billigen Webfellmütze das Tamburin schlagen und mit vor der Brust verschränkten Armen die Schlusspose eines Bauerntanzes einnehmen. Alle tanzten, auch die Alten schwebten, selbst wenn sie auf der Stelle blieben und nur die Arme hoben, der Rhythmus stimmte. Er war angeboren russisch.

Karpow hatte für die Hochzeit fünfzehnhundert Mark beisammen. Zweihundert Mark kostete die Kantine der Konservenfabrik, zweihundert Mark das Brautkleid, fünfzig Mark der Schleier. Er rechnete mit neunzig Flaschen Wodka für siebenundfünfzig Gäste, sich selber nahm er aus. Er würde täuschen, vor allem Wasser trinken, doch immerzu genötigt werden; auch wenn er mal ein Gläschen kippte, für die Säufer bliebe er ein Deserteur. Galina hatte, seine Abstinenz betreffend, sogar Neiderinnen unter den zermürbten Säuferfrauen, war ihrem Argwohn ausgesetzt, ein Mann, der nicht trinke, verbrauche anderweitig seine Kräfte, und der ihre dazu meistens in Berlin.

Karpow fiel die Autogrammpostkarte der Miss Germany von 1994 ein, Cornelia Oehlmann. Sie hatte Signierstunde, während er im Kaufhof spielte, und ihm die Worte »Alles Liebe für Wladimir« gewidmet. Die Karte steckte hinter der Vitrinenscheibe, alles harmlos, von Galina großmütig hingenommen wie die Scheidung. Trotzdem, die Karte musste weg. Er wollte nur noch Freudentränen an ihr sehen, sah sie auch schon, sowie er das Kleid aus Goldbrokat auspackte, das Parfum »Garance« und die Münzenkette. Juri und Witali würden wie die Löwen, die aus einem frisch erlegten Springbock die Geweide ziehen, ihre Jeans und T-Shirts und die Mützen mit dem überlangen Schirm, die man rückwärts trug, aus seinen Taschen zerren.

Er würde sich in einem dunkelblauen Smoking präsentieren, dem Geschenk eines Mannes in einem Berliner U-Bahnhof. Er sei ihm entwachsen, hatte der zu ihm gesagt. Für Nina Witaljewna, die Ukrainerin, die ständig klagte, dass sie zu dick sei für die schicken Kleider aus Italien und immer türkische Modelle tragen müsse, hatte er ein blaues Jäckchenkleid dabei. Nina Witaljewna half Galina beim Wickeln der Rouladen für die Hochzeitstafel. Ihr Mann, Alexander Semjonowitsch, hatte den Dienst bei der Miliz quittiert und war nur noch mit Maja, seiner

Kuh, befasst. Er führte sie tagtäglich fünf Kilometer zu einem Berghang, auf dem sie weiden konnte, wo er sie hütete, im Sommer zwölf Stunden, im Herbst nur noch acht. Auch die Kühe zweier Nachbarn weideten auf diesem Hang. Vier Kühe und drei Hirten, das war den tschetschenischen Viehdieben verdankt. Jeder kannte auch einen guten Tschetschenen, doch aus der Ferne waren es Banditen.

Eine Zehlendorfer Witwe hatte Karpow die Krawatten ihres verstorbenen Mannes überlassen. Doch wer sollte sie in Jessentuki tragen? Oder kaufen? Wer in Sibirien auf die Russlandkarte sah, für den lag Grosny vor der Haustür Jessentukis. Dreihundertsechzig Kilometer, die die Städte voneinander trennten, schrumpften zu engster Nachbarschaft. Die Gäste aus dem Norden, wohlhabend, solange der Staat noch Frostzulage zahlte, blieben aus. Und die Reichen aus dem alten sowjetischen Orient, magenleidend durch das scharfe Essen und leberkrank vom Hammelfett, Georgier, Usbeken, Tadschiken, Aserbaidschaner und Armenier, waren nicht mehr reich. Jessentuki litt unter dem Tschetschenienkrieg.

Je mehr Karpow an die Geschicke der Hochzeitsgäste dachte, je mehr wünschte er sich Karbatin herbei. Schon seine dünne Brille, die Tatsache, dass er aus Moskau kam, der Stadt, der die Sehnsucht von so vielen galt, machte ihn zum Mittelpunkt. Alle litten sie auf ihre Weise und brauchten ein geneigtes Ohr, Gennadi Michailowitsch, der Fischer, der zu den Seen in die kalmückische Steppe fuhr und ein Drittel seines Fanges an Wegezoll entrichten musste, Loscha mit seiner unbeschäftigten Intelligenz, der zur Raumfahrt wollte und Bassin-Bewacher im Sanatorium der Kasachen war, und erst recht die Frauen, die ihre Überzahl mit Reigentänzen überbrückten.

Die verzerrte Lautsprecherstimme sagte Jessentuki an. Juri, Witali und Sergej liefen den Bahnsteig ab. Sweta entriegelte die Tür, gleich hinter ihr stand Karpow, und vor dem Trittbrett draußen, als hätte sie den Haltepunkt seines Waggons geahnt, stand Galina Alexandrowna, seine Galitschka.

»Ich will zwar sterben, aber nicht heute!«
Nachwort von *Petra Morsbach*

Kennengelernt haben wir uns auf den Erlanger Poetentagen 2004. Wir verbrachten den Rest des Tages zusammen, und seitdem ist der Kontakt nicht abgerissen, was umso erstaunlicher ist, als wir weit voneinander entfernt lebten und im Wesentlichen aufs Telefon angewiesen waren, für mich, die Schwerhörige, eine Prüfung. Marie-Luise übersprang diese Hürde mühelos – durch Intensität, Witz und Wahrhaftigkeit. Jedes Gespräch mit ihr war existenziell. Eigentlich war es Kunst.

Marie-Luise war eine Poetin der Extreme. Nichts schien zusammenzupassen, die Reibung war das Ereignis, die Überwindung das Wunder. Marie-Luise, die Autorin überaus disziplinierter, kompakter Prosa, war als Person impulsiv und fahrig bis ins Exzentrische. Die nervöse Unterströmung, die ihren Texten Spannung und Dichte verleiht, äußerte sich im Leben als manischer Schmerz.

Sie stammte aus einer genialisch kauzigen, unglücklichen Saarbrücker Familie und hat aus schlechten Startbedingungen das Beste gemacht: entging dem Scheitern und frühen Tod, reüssierte durch Talent und Charisma, konnte aber niemanden retten und verfiel darauf, sich zur Strafe für ihren verdienten Erfolg bis an ihr Lebensende auszupeitschen. Sie rauchte hart, nahm gegen das Asthma Cortison, fürs Schreiben Alkohol und klagte über Selbstzerstörung. Als SPIEGEL-Star mit dem Privileg freier Stoffwahl erforschte sie düsterste Milieus. Sie entdeckte das Abgründige im schönen Schein und das Reizvolle im Absurden. Grausame Tatsachen bannte sie durch furchtlose Beschreibung: hypergenau, unbeirrt, in artistischen Feststellungssätzen. Auch im Alltag prüfte sie eigene Aussagen ständig, wiederholte, variierte, bis sie den treffenden Ausdruck – le mot juste – gefunden hatte. Unterdessen reicherte sich die Beschreibung mit Witz und Weisheit an, bis der blitzende, bestrickende Scherer-Sound gewonnen war.

Marie-Luise war eine Virtuosin des Negativen. Wenn wir über ihre Literatur sprachen, forderte sie unerbittliche Kompetenz. Es war ein Glaubwürdigkeitstest: Lob reichte nicht, ich sollte »normal« Gekonntes von schönen und begnadeten Einfällen unterscheiden, außerdem Mängel benennen. »Du hast recht!«, rief sie angesichts solcher – weniger, geringer – Fehler, um sich sogleich stehenden Fußes zu zerfleischen. Anfangs bestürzte mich diese Vehemenz. Es war wie ein Blutbad, das sich durchs Telefon ergoss, begleitet von Ausrufen: »Widersprich mir nicht!«

Später meinte ich zu verstehen, dass Marie-Luise aus dem Gemetzel ihre Energie bezog. Sie konnte erbarmungslos auch treue Freunde rügen. Meinen Einwänden stimmte sie zu: »Ich erzähle das nur als Beleg meines schrecklichen Wesens.«

Aus den Zumutungen des Lebens generierte sie die erlösende Kunst, doch manchmal wirkte es auch, als generierte sie Zumutungen zur künstlerischen Stimulation.

Beim SPIEGEL hatte sie 8000 Mark im Monat verdient. »Für den SPIEGEL war das ein Anfängergehalt! Beachte außerdem: Wer beim SPIEGEL schrieb, war STIGMATISIERT!«

Sie hatte zweimal den renommierten Egon-Erwin-Kisch-Preis erhalten: »Ach, den kriegt doch inzwischen jeder!«

Sie erhielt den Italo-Svevo-Preis: »Eine Folter! Während ich die Dankrede schreibe, rauche ich wie ein Schwein, ich bezahle das mit meiner Lunge!«

Heinrich-Mann-Preis, Kunstpreis des Saarlandes: »Da werde ich an meine Substanz gehen müssen. Ein Vorausdiebstahl. Ich nehme ja auf meine Kosten Cortison.«

Jede dieser Reden wurde exquisite, berührende Prosa. Der Wallstein Verlag machte ein Buch daraus. »Ich weiß nicht, ob ich das schmeichelhaft finden soll – letztlich ist es wie ein Nachruf auf mich schon zu Lebzeiten.«

Nach einer Star-Operation konnte sie wieder scharf sehen. »So genau wollte ich das alles gar nicht wissen!«

Manchmal warf sie das Haar auch selbst in die Suppe. An einem drückend schwülen Sommertag fuhren wir an die Ostsee, wo ein köstlicher Wind wehte. Als wir im Urlaubsgewimmel an einem Caféhaustischchen Eis aßen, bemerkte sie schneidend: »Diese Fahrt ist eine FARCE!« Was war geschehen? Sie hatte aus ihrer tiefen Garderobe die falschen Stücke gewählt, schwarze Synthetikhose und -jacke, und litt unter der Hitze. Was hätte sie gewünscht? »Im Sand sitzen mit abgeschnittener Jeans und ärmellosem Hemd ...«

Aus einer solchen Lappalie konnte sie mühelos das Verhängnis ihrer ganzen Existenz entwickeln: Sünden, Versäumnisse, Depressionen; Fluch der Schreibtisch-Fron, wenn nach Qualen ein Text gelang; Verstörung über das Versagen, wenn keiner gelang. Zudem das Alter, die Krankheiten, der nahende Tod. Ihr Leiden war aufrichtig, doch immer von Ironie durchwirkt, frei nach Woody Allen: Das Leben ist voller Elend, Einsamkeit und Leiden; und dann auch noch so kurz!

Marie-Luise hatte unerhörten Charme. Das könnte als Widerspruch zu ihren harschen Kommentaren gesehen werden; wobei nichts gegen Widersprüche spricht. Doch können die Kommentare ebenso gut Beschwörungsformeln gewesen sein, eine Art Abwehrzauber, in dem ihr Humor gedieh. Marie-Luise gewann bei öffentlichen Auftritten mühelos große Auditorien, pflegte privat jahrzehntelange Freundschaften und war überall willkommen. In ihrer Szene schien sie jeden zu kennen. Nichts nahm man ihr übel, dabei war sie mit Beschwerden schnell bei der Hand. Oft sah ich dann auf den Gesichtern ein bestimmtes Lächeln, das nur Marie-Luise hervorrufen konnte: staunend, bisweilen seufzend, manchmal ungläubig entzückt.

Sie war immer eine attraktive Frau. Auf einer Polen-Fahrt im Juli 2019 – einer abenteuerlichen Reise in Hochsaison und Hitzewelle – ergab es sich, dass sie keine Zigaretten mitnahm und in Abständen welche schnorren musste. Das geschah nicht aus Geiz – sie konnte einem Kellner für eine Zigarette fünf Euro geben –, es war ihre Version von Abstinenz. Als Spender bevorzugte sie Männer. Sie war 80 Jahre alt, kurzatmig und gebrechlich, doch bei diesem Anlass wurden ihre Bewegungen geschmeidig, sie lächelte auf hinreißende Art komplizenhaft, graziös und beschämt, und der Effekt war enorm: Die Männer zauberten Zigarettenschachteln aus den Jacketts, gaben ihr Stängel und Feuer und zogen beschwingt davon; es waren Momente von erhabener Erotik.

Auch Frauen nahm sie für sich ein. Vorbemerkung zu dieser Episode, die im komfortablen Stettiner Park Hotel spielt: Marie-Luise erschien zum Frühstück meist um fünf vor zehn, kurz bevor das opulente Büfett abgeräumt wurde, und äußerte Extrawünsche; bis dahin las ich auf dem Smartphone in Ruhe Zeitung. An diesem Morgen kam sie ausnahmsweise früh. Ich berichtete, dass Brigitte Kronauer und Peter Hamm gestorben waren, mit denen Marie-Luise befreundet gewesen war. Nun musste ich ihr alle online verfügbaren Nachrufe vorlesen. Kronauer hatte kürzlich einen noblen, diskreten Gruß geschickt; Marie-Luises Antwort war in einer Eingebung eilig gewesen, aber konventionell. Das warf sie sich jetzt vor. »Welche Banalität! Weil ich auf das Wort BLUT nicht eingehen konnte, von ihrer Blutkrankheit hatte sie mir geschrieben, eine so zurückhaltende Frau, im letzten Satz ihres Briefes, der auch noch ein ABSCHIEDSBRIEF war. Eine erbärmliche Reaktion, ich kann es nicht polieren!« Sie haderte, memorierte und assoziierte, in Abständen unterbrochen von dem Refrain Versagen Verdunkelung Vergeblichkeit, bis ein robuster älterer Herr an unseren Tisch trat und sagte: »Sie bilden sich wohl ein, Sie müssten den ganzen Frühstücksraum unterhalten?«

Marie-Luise: »Und Sie beanspruchen, über das Rederecht beim Frühstück zu bestimmen?«

Ich hatte noch nicht erwähnt, wie wehrhaft sie war. Nach kurzem Disput trollte er sich. Als später die Morgenzigarette fällig wurde, gingen wir hinaus in den begrünten kleinen Innenhof. Dort rauchte eben jener Mann. Fortsetzung des Scharmützels. Diesmal hielt er, nikotingekräftigt, länger durch, ich sah Funken sprühen und bedauerte nur die junge Frau, die in der Terrassentür wartete. Sie hatte mit ihrem stummen Gatten am Nebentisch gefrühstückt und wollte sich anscheinend hier im Freien niederlassen. Als aber der robuste Alte fort war, näherte sie sich schüchtern, fast schmelzend: »Ich wollte nur sagen, mich haben Sie überhaupt nicht gestört! Im Gegenteil, ich habe Ihnen gerne zugehört, jedes Wort!«

Wie hängt das alles zusammen? Wir wissen es nicht, und Marie-Luise selbst hätte kein Ergebnis bestätigt. Doch mir scheint, sie hat es uns allen gezeigt. Literarisch sowieso, aber auch als Lebenskünstlerin. Übertreibung und Humor verstärkten einander. Als exzessive Raucherin litt sie an chronischer Luftnot. »Wenn ich mir meine Lunge wie Spanien vorstelle, bleibt zum Atmen gerade noch der Zipfel Gibraltar!« Sie rang mit Ärzten. Einer gab ihr zu wenig Cortison, da ging sie zum nächsten. Der gab zu viel, »da war ich anderthalb Tage symptomfrei, das gefiel mir auch nicht«.

Solange wir uns kannten, bezeichnete sie sich als lebensmüde. Doch als ich sie in Bayern vorsichtig über schneeglatte Straßen chauffierte, beschwor sie mich, noch langsamer zu fahren: »Ich will zwar sterben, aber nicht heute!«

Vielleicht hat sie – gegen den Anschein – vieles richtig gemacht: In ihren starken Jahren die großen Opfer für die Kunst, panische Nächte an der Schreibmaschine in Zigarettenschwaden. Dann wohlüberlegter Rückzug: Noch vor dem Rentenalter verließ sie den SPIEGEL und fand in Damnatz am Elbdeich ihren Ruhesitz, ein schönes Anwesen mit Scheune, Pavillon und großem Garten. Sie gestaltete das Haus ingeniös mit Wänden voller Bilder, die Künstler für sie gemalt oder ihr geschenkt hatten. Letzten Juli war ich dort noch mal zu Gast für vier eigenartig idyllische Tage. Wir redeten und lachten. Nachmittags las ich auf der von einem Gärtner insektenfreundlich betreuten Wiese ein Buch, Marie-Luise zupfte die Blumen und fütterte Vögel. Einmal fuhren wir nach Dannenberg, um ein paar Röcke kürzen zu lassen, denn sie war kleiner geworden. Morgens und abends kam je eine Dorfkrankenschwester und verabreichte ihr Medikamente. Beide Frauen wurden gerügt: weil sie entweder zu früh oder zu spät oder überhaupt gekommen waren. Sie seufzten und lächelten.

Natürlich gab es Klagen. Das viel zu große Haus! Aber ein Appartement in einer Wohnanlage war unvorstellbar. Das öde Dorf! Doch Stadt wäre zu unruhig. Die Einsamkeit! Andererseits die anstrengenden Gäste. »Ich bin die röchelnde Herrscherin am Küchentisch!« Drohendes Siechtum. Haushälterin? »Ich will mich nicht auf fremde Leute einstellen. Außerdem, wo soll die wohnen?« Im ersten Stock im Vorderhaus zum Beispiel, da hätte sie sogar einen eigenen Eingang. »Und wenn sie die Treppe runterfällt?«

Ich sah, dass Marie-Luise zwischen Zwängen und Schrecken einen Parcours abgesteckt hatte, in dem sie sich geläufig bewegte. Aus Furcht blieb sie wach und hielt taumelnd eine rätselhafte Balance. Als einer von ganz wenigen Menschen, die ich getroffen habe, führte sie bis zuletzt ein weitgehend selbstbestimmtes Leben. Sie erreichte ein, gemessen am Raubbau, biblisches Alter. Dass sie Gelungenes ignorierte und Genuss dramatisch bestritt, war zumindest teilweise ein Deal mit der Kreativität; die Unzufriedenheit Ausdruck eines enormen Anspruchs, der sie ebenso quälte wie befeuerte.

Und das Ende? »Ich würde gern nebenbei sterben«, sagte Marie-Luise, »ohne es zu merken! Übrigens habe ich nicht das Gefühl, dass es so weit ist. Ich spüre das nicht.« Am 17. Dezember, nach einem Winterabend mit Gästen, fiel sie aufs Bett und hatte es geschafft.

»Auf Wiedersehen!«, rief sie am Ende der Telefonate. »Wiedersehen, Schätzchen. Wiedersehen, Wiedersehen.«

Marie-Luise Scherer, 1938 in Saarbrücken geboren, war Schriftstellerin, Reporterin und Journalistin. Ohne Abitur und Studium begann sie als Lokalreporterin und machte sich mit ihrem hochpräzisen Stil schnell einen Namen. 1974 wurde ihr eine Anstellung beim SPIEGEL angeboten, für den sie mehr als zwanzig Jahre lang Reportagen verfasste und dabei das journalistische Genre zu einer eigenen Kunstform entwickelte. Sie erhielt zahlreiche Auszeichnungen, darunter 1994 den Ludwig-Börne-Preis, 2008 den Italo Svevo Preis und 2011 den Heinrich-Mann-Preis. Scherer starb 2022 in Damnatz. Zuletzt erschien bei Matthes & Seitz Berlin *Die Hundegrenze*.

Petra Morsbach, 1956 in Zürich geboren, studierte Philologie und Theaterregie in München und St. Petersburg. Nach ihrer Promotion arbeitete sie zehn Jahre lang als Dramaturgin und Regisseurin am Theater. Seit 1993 lebt sie als freie Schriftstellerin in der Nähe von München. Ihr Werk wurde mit zahlreichen Stipendien und Preisen ausgezeichnet, u. a. mit dem Jean-Paul-Preis und dem Wilhelm-Raabe-Literaturpreis.

Der Akkordeonspieler erscheint als Buch der Friedenauer Presse. Gegründet wurde die Friedenauer Presse 1963 in der Wolff's Bücherei im Berliner Stadtteil Friedenau, dem sie ihren Namen verdankt. Der Verleger Andreas Wolff, Enkel des Petersburger Verlegers M. O. Wolff, veröffentlichte bis 1971 in loser Folge 36 Drucke. Von 1983 bis 2017 wurde der Verlag von Katharina Wagenbach-Wolff geführt, seit 2020 ist die Friedenauer Presse ein Imprint des Verlags Matthes & Seitz Berlin.

Der vorliegende Text erschien erstmals 2004 zusammen mit anderen Texten in der Anderen Bibliothek unter dem Titel *Der Akkordeonspieler*, herausgegeben von Hans-Magnus Enzensberger, und 2017 bei Matthes & Seitz Berlin erstmals als eigenständiges Buch.

Das Nachwort von Petra Morsbach ist eine redigierte Version ihrer Trauerrede für Marie-Luise Scherer, gehalten am 13. Januar 2023 in Damnatz. Eine weitere Fassung erschien am 4. Februar 2023 in der *Frankfurter Allgemeinen Zeitung*.

FRIEDENAUER PRESSE
Wolffs Broschur

Erste Auflage dieser Ausgabe Berlin 2023

Copyright © 2017
MSB Matthes & Seitz Berlin Verlagsgesellschaft mbH,
Großbeerenstraße 57A, 10965 Berlin

info@matthes-seitz-berlin.de

Alle Rechte vorbehalten.

Gestaltet und gesetzt von ciconia ciconia, Berlin.
Die Herstellung besorgte Hermann Zanier, Berlin.
Gedruckt und gebunden von Art-Druk, Szczecin.

ISBN 978-3-7518-8005-3

www.friedenauer-presse.de

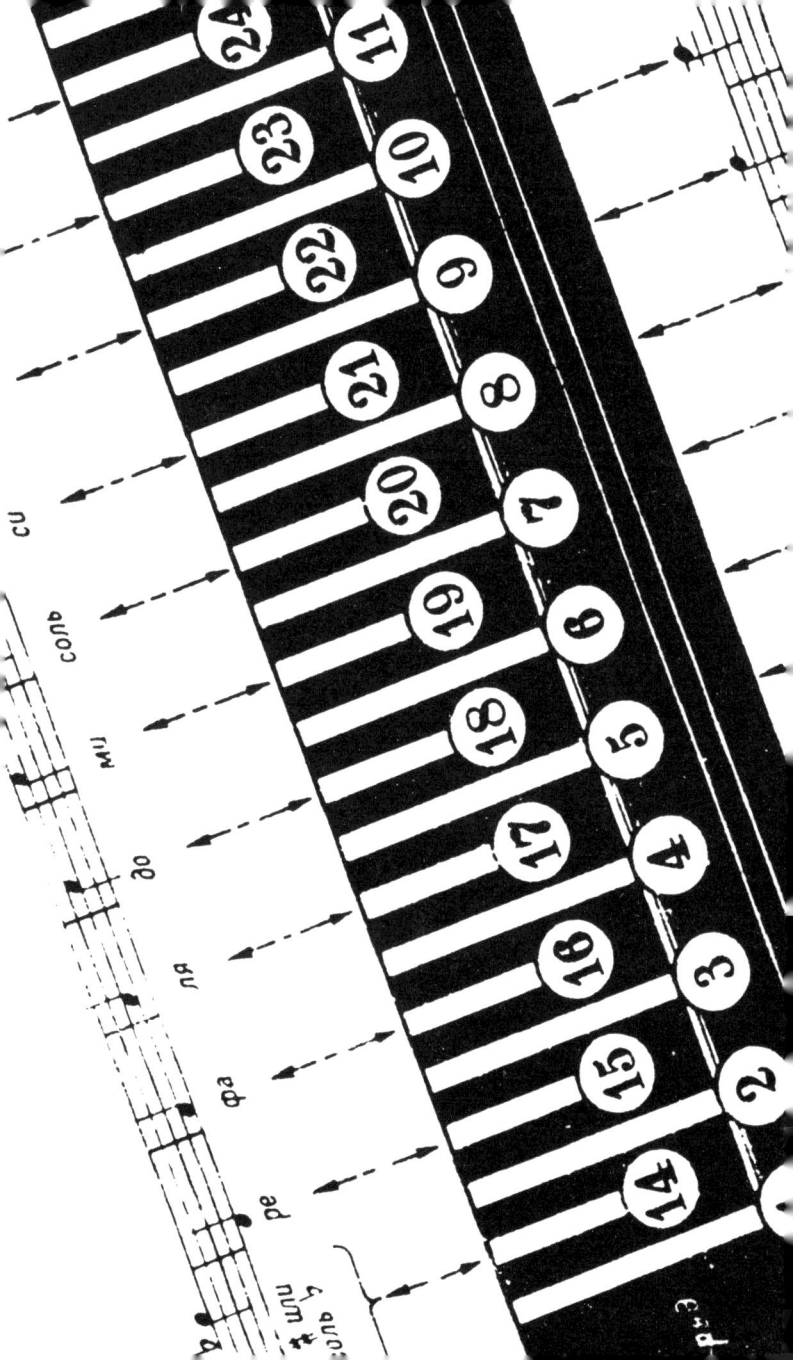

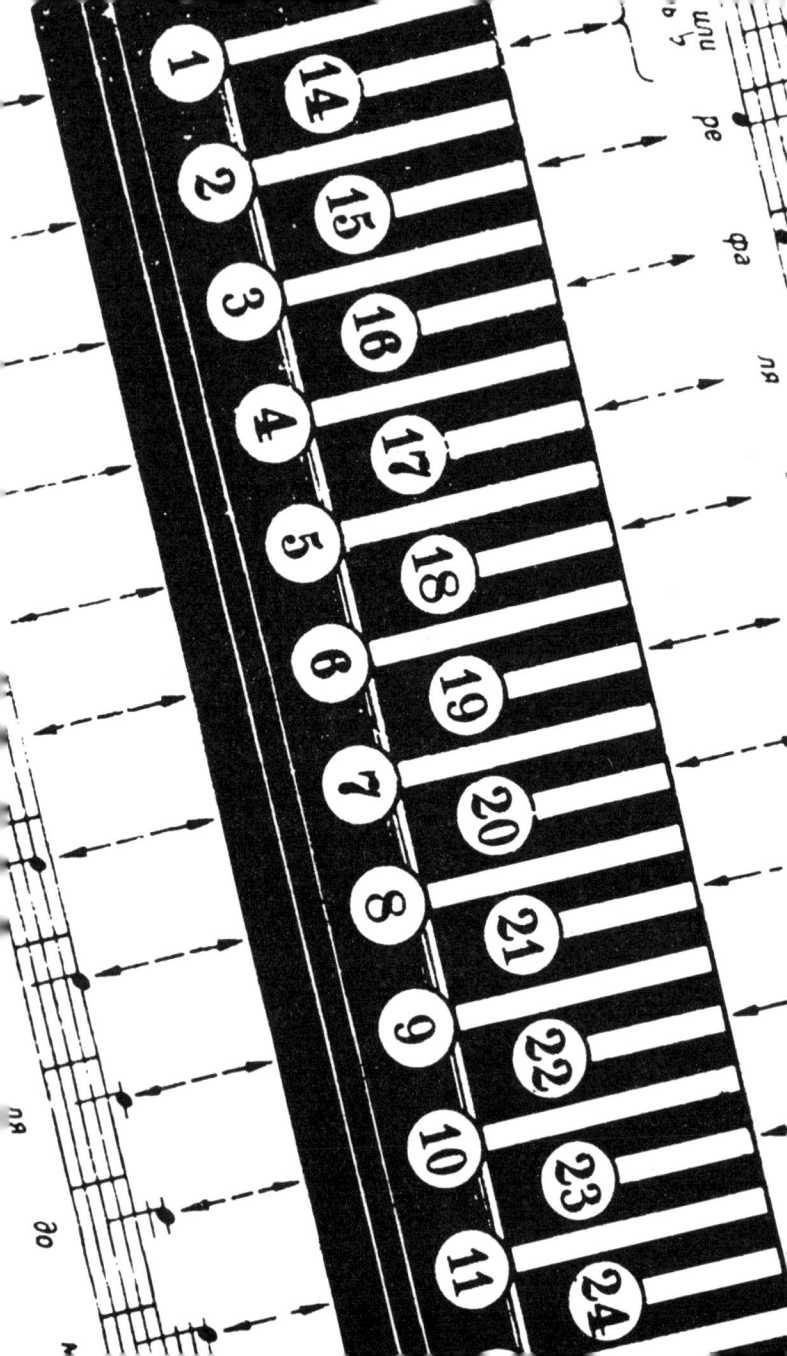